Katy Birchall

Mein Leben im Hotel Royal

Reality-TV, It-Bags und das ganz normale Chaos

Katy Birchall

Mein Leben im Hotel Royal

Reality-TV, It-Bags und das ganz normale Chaos

Aus dem Englischen
von Bettina Spangler

Schneiderbuch
EGMONT

Bücher von Katy Birchall bei Schneiderbuch:

**Mein Leben im Hotel Royal, Band Nr. 1:
Warum mein Dackel mehr Follower hat als ich**

**Mein Leben im Hotel Royal, Band Nr.2:
Reality-TV, It-Bags und das ganz normale Chaos**

Plötzlich It-Girl, Band Nr. 1:
Wie ich aus Versehen das coolste Mädchen der Schule wurde

Plötzlich It-Girl, Band Nr. 2:
Wie ich versuchte, die größte Sportskanone der Schule zu werden

Plötzlich It-Girl, Band Nr. 3:
Wie ich beinah die Promi-Hochzeit des Jahres ruiniert hätte

verlegt durch Egmont Verlagsgesellschaften mbH,
Alte Jakobstraße 83, 10179 Berlin

Die englische Originalausgabe erschien 2018 unter dem Titel
»Hotel Royale: Dramas of a Teenage Heiress« bei Egmont UK Limited,
The Yellow Building, 1 Nicholas Road, London, W11 4AN, England

Aus dem Englischen von Bettina Spangler
Umschlaggestaltung von bürosüd° GmbH, www.buerosued.de
Satz: PPP Pre Print Partner GmbH & Co. KG, Köln
Printed in the EU
ISBN: 978-3-505-14111-9

www.schneiderbuch.de

Für Sam, Luke und Lily

PROLOG

Jugendliche Erbin in schockierenden Handtaschen-Skandal verwickelt!

Von Nancy Rose – Daily Post

Ich bin ja schon vielen bekannten Persönlichkeiten mit übermäßig aufgeblähten Egos begegnet. Aber dass ich, Nancy Rose, Kolumnistin bei der *Daily Post,* von einem Promi niedergerungen und dann auch noch vom wild gewordenen Dackel ebendieser Person attackiert werde, kommt nicht jeden Tag vor. Und das alles wegen einer Handtasche! Zugegeben, einem Unikat, aber trotzdem! Genauso trug es sich nämlich gestern Abend bei meiner Begegnung mit Felicity Royal und ihrem Hund Fritz zu, wie ich euch an dieser Stelle exklusiv verraten darf.

Es geschah auf der Präsentation der neuen Kollektion von Designer Lewis Blume, als ich nichts ahnend nach einer ausgestellten Handtasche greifen wollte, einer Einzelanfertigung mit niedlichen Dackelmotiven vorn drauf. Wie süß, dachte ich mir, und bewunderte die feine Stickarbeit. Ich liebe Tiere, vor allem Hunde. Deshalb spende ich regelmäßig an Tierschutzorganisationen.

Ehe ihr nun weiterlest, möchte ich euch warnen: Das Folgende ist nur schwer zu ertragen.

Denn im nächsten Moment wurde ich völlig nichts ahnend zu Boden geworfen, und zwar von niemand Geringerem als der jugendlichen Hotelerbin, die steif und fest behauptete, die Handtasche gehöre ihr!

Schockiert mussten die übrigen Gäste mit ansehen, wie Miss Royals wild gewordener Dackel mich daraufhin beißen wollte, während sie sich die Handtasche krallte.

Bedauerlicherweise ist den Fotografen das eigentliche Ereignis entgangen, doch gibt es Bildmaterial, das zeigt, wie Miss Royal von Sicherheitskräften abgeführt wird. Diese Aufnahmen verbreiten sich derzeit rasant im Internet und den sozialen Netzwerken.

Ich möchte meinen Fans versichern, dass ich auf einem guten Weg bin, mich von dem Vorfall zu erholen. All jenen, die bereits von der Sache gehört haben, möchte ich außerdem für ihre freundlichen Worte und ihren Zuspruch danken.

Einen umfassenden Kommentar zu der Angelegenheit findet ihr in meinem heutigen Blogbeitrag auf YouTube, und vergesst nicht, meinen Kanal zu abonnieren, damit ihr keine brandheißen Promi-News und alltäglichen Dramen mehr verpasst!

KAPITEL 1

Das war's, mein Leben ist gelaufen.

Eigentlich hatte ich vorgehabt, für immer unter der Bettdecke zu bleiben, und der Plan schien aufzugehen, bis Mum ins Zimmer gestürmt kam. Ich habe nämlich blöderweise immer noch keinen Schlüssel zum Absperren, da hilft alles Betteln und Flehen nichts. Mum ist offenbar der Ansicht, es sei ihr gutes Recht, einfach so in meine Privatsphäre einzudringen, wann immer ihr danach ist.

»Findest du nicht, dass du reichlich überdramatisierst?«, fragte sie mit einem Seufzen und zog mir unsanft die Bettdecke weg.

Mein Dackel Fritz hüpfte wie von der Tarantel gestochen vom Bett hinunter, wo er selig neben mir geschlafen hatte, und sprang so lange an ihrem Bein hoch, bis sie sich erbarmte, ihn auf den Arm nahm und ihm den Bauch kraulte.

Wenn man bedenkt, dass ich ihm jeden Tag sein Fressen gebe, könnte ich doch ein bisschen mehr Loyalität von ihm erwarten, oder nicht?

»Ich dramatisiere gar nichts!«, schnaubte ich und sah Fritz aus zusammengekniffenen Augen an. Dieser elende Verräter! Dann zog ich die Decke wieder hoch. »Aber wo du schon mal da bist: Könntest du mir vielleicht einen Stift und Papier besorgen? Ich muss nämlich dringend mein Testament schreiben. Wenn du mir noch Frühstück ans Bett bringst, verspreche ich, dir meine beachtliche Sammlung an Gesichtscremes zu vermachen. Obwohl ich ganz genau weiß, dass Grace ein Auge darauf geworfen hat. Du solltest dich also besser beeilen.«

Mum rollte mit den Augen und setzte Fritz in sein Körbchen. »So schlimm ist es auch nicht.«

»Oh doch, es ist so schlimm«, jammerte ich und verkroch mich wieder unter der Bettdecke, wo ich mich zu einer Kugel zusammenrollte. »Das ist alles MEGApeinlich. Mein Leben ist so was von ruiniert. Niemand wird mehr mit mir befreundet sein wollen. Ich werde eine Geächtete sein, genau wie dieser Romeo in dem Shakespeare-Stück.«

»Wann hast du denn *Romeo und Julia* gelesen?«, wollte Mum wissen. Sie klang schwer beeindruckt, für meinen Geschmack aber auch ein bisschen zu verwundert.

»Das ist doch jetzt unwichtig!«, gab ich deshalb in arrogantem Ton zurück.

Ich beschloss, nicht weiter darauf einzugehen, dass ich das Stück gar nicht wirklich gelesen hatte, sondern neulich einfach nur interessiert zugehört hatte, als Grace sich mit ihrem Bruder Olly darüber unterhalten hatte.

Na ja, zumindest mit halbem Ohr hatte ich hingehört. Nachdem sie eine Weile diskutiert hatten, ließ ich mich nämlich von einem Handyvideo ablenken. Von Ziegen, die lustig herumhopsten.

Die waren echt ultrawitzig!

»Mum«, sagte ich und lenkte das Gespräch wieder auf das eigentliche Problem. »Wir sollten über einen Umzug nachdenken, vielleicht raus aufs Land. Ich hab schon mal ein bisschen im Internet recherchiert, es gibt da ein paar sehr verlockende Angebote. Wusstest du, dass in Neuseeland viele verschiedene Pinguinarten leben, mehr als irgendwo sonst auf der Welt?

Unglaublich, oder? Klingt doch, als wäre es richtig cool, dort zu wohnen, findest du nicht?«

»Flick, wir ziehen nicht nach Neuseeland, und du brauchst noch nicht dein Testament zu schreiben. Erzähl mir lieber, was gestern Abend passiert ist. Vorausgesetzt, du willst überhaupt darüber reden.«

»Will ich nicht. Ich will NIE WIEDER was davon hören. Und außerdem weißt du doch längst, was passiert ist. Es steht doch überall im Internet!«

»Nun ja, ich kenne Nancy Roses Version, aber deine interessiert mich noch viel mehr.«

»Was soll das denn noch bringen?«, ächzte ich. »Mir glaubt doch sowieso keiner.«

»Ich schon.«

Vorsichtig schaute ich unter der Bettdecke hervor.

»Na schön.« Ich gab mich mit einem matten Seufzen geschlagen. Und dann erzählte ich ihr, was GENAU passiert war, ganz ohne Übertreibungen …

Lewis Blume, ein bekannter Designer, hatte Fritz und mich zur Präsentation seiner neusten Handtaschen-Kollektion eingeladen. Man hätte schon hinter dem Mond leben müssen, um nicht mitzukriegen, dass wir seine absoluten Special Guests waren, weil eins der brandaktuellen Modelle zufällig »The Fritz« hieß – eine Tasche, die von meinem wunderbaren Dackel inspiriert war. Er war eben ein echter Trenddackel.

Wen wundert's, schließlich war Fritz neuerdings der totale Superstar. Sein Instagram-Account führte die Charts an, und er war gefragter als diese ganzen Französischen Bulldoggen mit ihren Hüten und sonstigem Quatsch. Fritz wurde vom Tatler zur größten Stilikone unter den Hunden gewählt UND sollte im kommenden Jahr sogar seinen eigenen Kalender bekommen.

Als wir also diesen Anruf bekamen, in dem man uns mitteilte, Lewis Blume habe ihn zu seiner neusten Muse erklärt, dachte ich: Ja, logo, KLAR ist er das.

Ich gab mir größte Mühe, damit er sich bei der Präsentation von seiner absoluten Schokoladenseite zeigte, und zwar in seinem Lieblingssmoking von Ralph Lauren, mit seidenem Einstecktuch mit Punkten und seinem neusten Halsband, welches das britische Supermodel und Hundeliebhaber David Gandy eigens für ihn entworfen hatte. Er brachte es Fritz letzte Woche sogar höchstpersönlich vorbei.

Fritz sah einfach super aus, und seine Tasche war der HAMMER. Aber um ehrlich zu sein: Mir war bei der Präsentation ziemlich langweilig, weil zwar haufenweise coole Promis um mich herum waren, ich aber kaum jemanden kannte. Meine Freundin, Popstar Skylar Chase, war blöderweise immer noch in L. A., und mein Bloggerkumpel Ethan Duke musste ausgerechnet an diesem Tag zu irgendeiner bescheuerten Teen-Award-Verleihung. Deshalb stand ich einfach nur blöd da und schaute mich um, als ich sie plötzlich sah. Nancy Rose. Wie sie vor der »The Fritz«-Handtasche stand. Sie rieb sich die Hände und wollte sie sich gerade krallen, mit einem fiesen »Muahahahaha! Diese Handtasche gehört MIR! Für IMMER MIR ALL– «

»Ähem.«

»Was denn?«, entfuhr es mir bei dieser jähen Unterbrechung.

»Ich dachte, du sagtest was von ›ganz ohne Übertreibungen‹?«

»Ich übertreibe GAR nicht, Mum.«

Sie zog die Augenbrauen nach oben. »Du willst mir also weismachen, Nancy Rose stand mit einem fiesen Bösewichtlachen vor dieser Handtasche und rief: ›Diese Handtasche gehört MIR!‹? Und das mitten in einer Veranstaltung?«

»Okay, ich geb's zu, das war ein klein wenig dick aufgetragen.« Ich stieß ein Seufzen aus. »Kann ich jetzt weitererzählen?«

»Ich bitte darum.«

JEDENFALLS sah ich sie in dem Moment. Nancy Rose. Direkt vor der Tasche. Sie rieb sich die Hände, und dann streckte sie ihre langen Krallen danach aus. Und auch wenn sie dabei vielleicht nicht fies »Muahahahaha« machte und schrie: »Diese Handtasche gehört MIR! Für IMMER MIR ALLEIN!«, schaute sie Lewis Blume, der zufällig danebenstand, mit flatternden Augenlidern an und sagte so was wie: »Diese Handtasche wäre absolut PERFEKT für ein Event, zu dem ich morgen eingeladen bin.«

Das mag harmlos klingen, aber auf keinen Fall wollte ich zulassen, dass Nancy Rose mit dieser Tasche irgendwohin geht, und zwar aus folgenden Gründen:

1. Die fragliche Handtasche war ein UNIKAT mit einer eigens an Fritz gerichteten Botschaft. Diese war in das Innenfutter gestickt.
2. Wenn jemand zusammen mit dieser Handtasche als Erster auf einem Foto zu sehen sein sollte, dann war das FRITZ

und niemand sonst. Schließlich hatte er Lewis dazu inspiriert.

3. Da Fritz sie nicht tragen konnte, weil sie für ihn ein bisschen zu groß war, sollte es wenigstens ich sein.
4. Wenn diese Ehre noch nicht einmal mir zuteilwurde, sollte es zumindest die Queen oder Beyoncé oder jemand Vergleichbares sein.
5. Wer auch immer in den Genuss kommen würde, es durfte auf keinen Fall Klatschkolumnistin Nancy Rose sein. Denn die hatte auf ihrem dämlichen Videoblog schon allerhand fiese Sachen über meine liebe Freundin Skylar Chase gesagt.

Mit Fritz auf dem Arm schob ich mich unauffällig hinüber zu Nancy Rose und zwang mich, mich von meinen Vorurteilen ihr gegenüber zu befreien. Dabei hatte ich zufällig mitbekommen, wie sie jemandem was zugeraunt hatte von wegen, Tiere (und zu denen zählt nun mal auch mein süßer, unschuldiger Dackel Fritz) seien UNGEZIEFER und gehörten deshalb ausgerottet, was sie auch tun würde, sobald sie die Herrschaft in Downing Street Nummer 10 übernommen hätte …

»Ähem.«

»WAS DENN?«, fragte ich entnervt und warf mit einem Kissen nach Mum, die sich ein Grinsen nicht verkneifen konnte.

»Das war doch schon wieder maßlos übertrieben«, protestierte sie. »Du kannst es einfach nicht lassen.«

»Weißt du was, Mum? Du bringst mich total aus dem Takt.«

»Fang doch noch mal bei der Stelle an, wo du zu Nancy Rose hingehst«, forderte sie mich auf. »Jetzt ohne irgendwelche Ausschmückungen, bleib einfach bei den Tatsachen.«

»Du hast doch keine Ahnung, wie man so eine Geschichte richtig spannend erzählt«, seufzte ich.

Ich ging also mit Fritz unter dem Arm auf Nancy Rose zu, die sich gerade mit jemandem unterhielt und irgendwelches langweiliges überhaupt nicht bösartiges Zeug von sich gab, nur endloses Blabla.

»Flick Royal«, sagte sie, als sie mich bemerkte, und hielt mir die Hand hin. »Ich glaube nicht, dass wir uns schon mal begegnet sind. Ich bin Nancy Rose. Gerade habe ich diese Handtasche bewundert. Sie wurde von deinem Hund inspiriert?«

»So was hab ich auch gehört«, gab ich zurück, die Zähne fest aufeinandergepresst. Trotzdem schüttelte ich ihr artig die Hand, schließlich bin ich gut erzogen.

»Ich hatte gehofft, sie mir für ein Event morgen Abend ausleihen zu können. Es handelt sich um eine Wohltätigkeitsveranstaltung, die Erlöse kommen Hunden zugute, und ich –«

»Tja, eigentlich wollte ICH sie haben, für ein Event, zu dem MEIN Hund morgen geht«, beeilte ich mich zu sagen. »Aber Fritz freut sich sehr, dass sie Ihnen gefällt.«

»Entschuldige bitte, was?«

Doch plötzlich lächelte sie mich an, ein total falsches Lächeln, mit ihrem knallroten Lippenstift, als wäre sie unverhofft über eine echt interessante Story für ihre Kolumne gestolpert.

»Ich sagte, es freut Fritz sehr, dass sie Ihnen gefällt.«

»Nein, ich meinte davor. Du sagtest doch, du wolltest die Tasche morgen tragen? Sei mir bitte nicht böse, aber findest du nicht, dass darüber der Designer entscheidet?« Sie neigte den Kopf, als hätte sie es mit einem Kleinkind zu tun. »Lewis leiht mir oft Erstmuster aus seiner Kollektion, damit ich sie in meinem Videoblog präsentiere. Ich würde niemals ein Stück herzeigen, das bereits an jemand anderem gesehen wurde. Ich gebe mich nicht mit den abgetragenen Sachen anderer zufrieden.« Sie schnaubte verächtlich. »Und schon gar nicht, wenn es … ein Hund war.«

Fritz stieß ein drohendes Knurren aus.

»Fritz' Tasche wird schon bald für alle käuflich zu erwerben sein, nur dass dieses hier ausgestellte Exemplar eigens für ihn produziert wurde, mit einer persönlichen Widmung«, erläuterte ich ganz geduldig. »Ich kann sie Ihnen gern zeigen, wenn Sie möchten …«

»Ich weiß nicht, ob du dir darüber im Klaren bist, Felicity, aber mein Videoblog ist wirklich richtig beliebt, deshalb bekommen die Dinge, die die Designer mir überlassen, sehr viele Menschen zu sehen. Ich bezweifle, dass Lewis sich diese einmalige Gelegenheit entgehen lassen wird.« Sie legte eine kurze Pause ein, ehe sie wieder das für sie typische schmallippige Lächeln aufsetzte. »Sag mal, Flick, gibt Lewis Blume dir eigentlich auch Stücke für deinen Videoblog?«

Und schon schnappte sie sich die Handtasche und ließ sie geziert an ihrem Handgelenk baumeln, als würde sie sie auf dem Laufsteg tragen.

Das war der Moment, in dem ich es nicht mehr aushielt. Dieser Kommentar über meinen Videoblog mochte für jemanden, der das Gespräch zufällig mithörte, absolut harmlos klingen, aber in Wirklichkeit war das eine fiese Anspielung. Nancy Rose wusste nämlich ganz genau, dass mein Blog, mit dem ich erst in diesem Jahr an den Start gegangen war, nicht ganz die Aufmerksamkeit erhielt, die ich mir erhofft hatte.

Ich tat also, was in einer solchen Situation jeder getan hätte: Ich riss ihr die Tasche aus der Hand und hängte sie mir selbst an den Arm. Denn da gehörte sie hin. Direkt neben Fritz.

Und weißt du was? Sie griff sie sich sofort wieder. Wie albern ist das denn!

Klar, dass ich sie ihr auch wieder wegnehmen musste. Also streckte ich die Hand danach aus.

Und ehe ich wusste, was geschah, lieferte ich mir mit Nancy Rose ein Ringen um die Handtasche, und alle starrten uns mit offenen Mündern an und sahen uns dabei zu. Fritz fing an zu bellen, weil er nicht wollte, dass sie sein Täschchen mit ihren spitzen Krallen ruinierte. Und dann ließ Nancy Rose auf einmal ihren Teil des Griffs los, sodass sie prompt auf dem Hintern landete.

Mal ehrlich, hat die als Kind denn nie Tauziehen gespielt? Ist doch klar, dass das passieren muss.

Es war also ihre eigene Schuld, dass sie auf den Boden geplumpst ist, weil sie so dumm war, die Tasche nicht richtig festzuhalten. Ich habe sie NICHT niedergerungen. Und Fritz war noch nicht einmal in ihrer Nähe. Der würde doch nie im Leben einen Menschen beißen.

Genauso habe ich es Jeremy von der Security erzählt, als er mich aus dem Raum eskortierte. Jeremy nickte nur und bot mir ein Lutschbonbon an, während ich auf meinen Fahrer wartete. Das Bonbon lehnte ich allerdings höflich ab, denn wer weiß, wie lange er das schon in der Tasche gehabt hatte. Es sah nicht mehr ganz so taufrisch aus.

Trotzdem, eine total nette Geste von ihm, er war eindeutig auf meiner Seite.

Ich legte eine kurze Pause ein, um Luft zu holen.

»Verstehe.« Mum nickte.

»Das ist die ganze Wahrheit. Mum, wir müssen schleunigst das Land verlassen«, bettelte ich und vergrub das Gesicht im Kissen. »Denn wegen Nancy Roses Darstellung der gestrigen Ereignisse sagen jetzt alle fiese Sachen über mich.«

»Nicht alle. Prinz Gustav Xavier III. hat heute Morgen in einem Tweet ausdrücklich darauf hingewiesen, dass du eine sehr nette junge Dame mit einem ganz außerordentlichen Talent im Umgang mit Selfiesticks seist. Er glaubt nicht ein Wort von ihrer Version der Geschichte.«

»Moment mal.« Ich streckte den Kopf unter der Bettdecke hervor. »Prinz Gustav ist jetzt auf Twitter? Ich dachte, er hätte mit Instagram schon genug zu kämpfen?«

Leider erinnerte ich mich nur zu gut an diesen ultrapeinlichen Vorfall, bei dem ich hatte zusehen müssen, wie der Society-Prinz mit MEINEM Selfiestick ein Foto für seinen ersten Instagram-Post schießen wollte. (Genau genommen saß ich in seinem Kleiderschrank, als ich Zeugin dieses Ereignisses wurde, weil ich ihn mir nämlich zurückholen wollte … aber das ist eine andere Geschichte.) Zum Glück kam er kurz danach mit Skylar Chase zusammen, deshalb war die Sache mit dem Schrank und dem Selfiestick schnell vergessen. Und außerdem war der Prinz mittlerweile recht gut im Fotografieren. Neuerdings experimentierte er sogar mit verschiedenen Filtern!

»Offenbar feilt er weiter an seinem Profil«, erklärte Mum mit einem Schulterzucken.

»Weißt du was, Mum? Ich dachte eigentlich, dass ich mich vielleicht bei Nancy Rose entschuldigen sollte. Heute Morgen bin ich aufgewacht und hatte ein ungutes Gefühl. Irgendwie habe ich mich schuldig gefühlt. Ganz tadellos war mein Verhalten schließlich nicht.« Ich schürzte die Lippen. »Aber dann habe ich einen Blick auf ihren Blog geworfen. JETZT kann sie das vergessen. Ich werde mich NIEMALS bei ihr entschuldigen.«

»Du hast ja recht, ich bin auch nicht ganz einverstanden mit ihrer Vorgehensweise, aber –«

»Es gab einen kurzen Moment, da dachte ich, die ganze Geschichte könnte sich positiv auf meinen Blog auswirken. Von wegen, besser schlechte Publicity als gar keine Publicity. Aber weißt du was?«

Mum sah mich mit leerem Blick an. »Was?«

»Ich habe mir heute Morgen die Zahl meiner Abonnenten angesehen. Es werden immer WENIGER!«

Mum machte nicht unbedingt den Eindruck, als würde diese Nachricht sie schockieren. Sie war ohnehin von Anfang an gegen diesen Videoblog. Lange Zeit hatte sie mir sogar ganz verboten, einen YouTube-Kanal einzurichten, bis Cal, der Sohn unseres treuesten Mitarbeiters, Chefconcierge Matthew, den ich schon von Kindesbeinen an kenne, sie überzeugte, dass das im Grunde keine schlechte Sache ist.

Ich habe nicht die leiseste Ahnung, warum sie Cal mehr vertraute als mir. Jedenfalls schien sein Wort schwerer zu wiegen als meins. Obwohl ich zugeben muss, dass er ziemlich schlau ist und sich in der Schule nie Ärger einhandelt, wohingegen ich in diesem Halbjahr bereits zwei Mal nachsitzen musste: einmal, weil ich bei der morgendlichen Schulversammlung heimlich ans Telefon ging (Hallo? Es war Sky, die aus L. A. anrief! Was hätte ich denn tun sollen? Sie einfach *wegdrücken*? Geht gar nicht. Immerhin hat sie einen Grammy gewonnen. Und Leute, die einen Grammy gewonnen haben, drückt man nicht einfach so weg). Und das zweite Mal, weil ich eine ganze Mathestunde geschwänzt hatte. Aber nur, weil

Grace eine Flasche Ketchup über meine Tasche gekippt hatte. Deswegen musste ich nach Hause ins Hotel, um Amy, eins der Zimmermädchen, zu fragen, wie ich den Fleck wieder rausbekommen würde. Und wenn du mich fragst, ist das ein sehr guter Grund, um die eine oder andere Rechenaufgabe zu verpassen, aber egal.

Trotzdem war ich mindestens genauso verantwortungsbewusst wie Cal. Das hatte ich im vergangenen Schuljahr beispielhaft bewiesen, als Mum mir ewig langen Hausarrest aufbrummte, nachdem ich mich in Prinz Gustavs Kleiderschrank versteckt hatte. Und dann bekam ich gleich noch mal Hausarrest von ihr, weil ich mich an einem Abend heimlich davonstahl, um mit Sky zu einer Modenschau zu gehen. Dabei dachte sie, ich würde brav zu Hause sitzen und Hausaufgaben machen. Nun ja, das war's dann erst mal mit meinem Sozialleben. Ich saß die ganze Zeit hier im Hotel fest und verbrachte meine Tage damit, den Angestellten zu helfen. Ich schloss mich diversen Teams an und eignete mir alles an. Was perfekt war als Recherchematerial für meinen Videoblog.

Doch wie sich herausstellte, war es nicht ganz so einfach, auf YouTube neue Follower zu gewinnen. Und wegen Nancy Rose halten mich jetzt auch noch alle für einen schrecklichen Menschen. Klar interessiert die Leute nun nicht mehr, was ich so von mir gebe.

»Wie viele Aufrufe hat dieser Blogbeitrag denn inzwischen?«, erkundigte ich mich bei Mum. »Du kannst die Seite auf meinem Laptop aktualisieren.«

Mum drehte sich zum Schreibtisch um. Dort stand mein Computer, auf dem der YouTube-Kanal von Nancy Rose geöffnet war. Sie beugte sich vor und ging auf Aktualisieren.

»Und?«, fragte ich und sah ihr ungeduldig dabei zu. »Wie viele sind es?«

Sie schaute nach und richtete sich wieder auf. Nur dass sie irgendwie schockiert wirkte.

»Ähm ...« Sie zögerte, dann klappte sie entschlossen den Laptop zu. »Das steht da nicht.«

Ich stöhnte und ließ mich zurück aufs Kissen fallen. Mum war eine richtig miese Schwindlerin.

»Flick, lass dich davon bitte nicht runterziehen. Obwohl wir schon mal ein ernstes Wörtchen über dein Verhalten bei dieser Präsentation reden sollten. Aber das heben wir uns für später auf.«

»Ich kann es kaum erwarten.«

»Und mach dir keine Gedanken wegen dieses bescheuerten Blogbeitrags. Bis heute Abend spricht kein Mensch mehr davon.«

Bis zum Abend war der »bescheuerte Blogbeitrag« allerdings quer durch alle sozialen Medien gegangen, und vor dem Hotel hatten sich ganze Horden von Paparazzi versammelt.

Ich weiß, es klingt verrückt, aber ich glaube, mir ist es tatsächlich lieber, wenn ich mich irre und Mum recht hat.

Flick, alles okay?
Komm nicht bei dir durch!

Sorry, Grace, ich bin untergetaucht.

Verstehe ich total. Das Video ist
echt fies! Und alles glatt gelogen.
Cal, Olly und ich sind uns einig:
Nancy ist so was von MIES, mieser geht's gar
nicht. Können wir irgendwas für dich tun?

Nein. Aber trotzdem danke.

Sollen wir vorbeikommen und
dich aufmuntern? Wir müssen
ja nicht über die Sache reden.

Ich wäre jetzt lieber allein.
Wir sehen uns in der Schule.
Aber danke, du bist echt
die beste Freundin, die
man haben kann.

Übrigens, ich habe
einen Plan.

Einen Plan? Wofür?

Der ist einfach genial.

Wovon redest du?
Welcher Plan?

Einen Plan, wie wir Nancy Rose eins auswischen. Willst du ihn hören?

Ähm. Okay?

Wir locken sie in ein leer stehendes Lagerhaus.

Fängt ja schon mal ziemlich gruselig an.

Dort verstecken wir uns und lauern ihr auf.

Noch gruseliger …

Und wenn wir sie dort haben, wo wir sie haben wollen,

Ich bereue es jetzt schon, dass ich gefragt habe!

BEWERFEN WIR SIE
MIT WASSERBOMBEN.
MUAHAHAHAHAHAHA!

Sekunde. Das ist ALLES?!
Wasserbomben? Das soll
ein genialer Plan sein?

Klar, sag ich doch! Der Plan ist spitzenmäßig. Er hat einfach alles: etwas Mysteriöses, Spannung, und dann die plötzliche Wendung, der Angriff mit Wasserbomben! Und? Wie findest du das?

Äh … wie lange hast du
an diesem Plan gearbeitet?

Seit ich das Video gesehen habe, also sechs Stunden lang! Ich habe sogar eine Zeichnung zur taktischen Aufstellung gemacht. Darin sind die Positionen von allen markiert. Warum?

Grace, du bist von der Schule für deine hervorragenden akademischen Leistungen ausgezeichnet worden.

Ja, und?

Du bist in sämtlichen Fächern Klassenbeste. Du bist der klügste Mensch, den ich kenne!

??

Und da heckst du sechs Stunden lang einen Plan aus ... nur um Wasserbomben zu werfen?

Was für ein Problem hast du damit??

Ach, egal. Ich meld mich morgen wieder.

Und ich feile weiter an meinem genialen Plan. Was hältst du eigentlich von Super Soakers? Findest du die übertrieben??

Gute Nacht, Grace xxx

KAPITEL 2

Als ich am Montagmorgen zur Schule kam, war der Tag für mich sofort gelaufen. Ich hätte gar nicht erst aufstehen sollen, aber Mum hatte mich aus dem Bett gescheucht und mir dabei einen lästigen Vortrag gehalten, von wegen, ich solle den ganzen Leuten, die gegen mich waren, zeigen, dass ich keine Angst vor ihnen hatte.

Blöderweise hatte ich aber Angst.

»Kopf hoch«, sagte sie, während ich mich von Fritz verabschiedete und wir in den privaten Fahrstuhl stiegen, der zu unserer Wohnung im fünfzehnten Stock führte. Sie drückte auf den Knopf, neben dem »Rezeption« stand. »Lass Nancy Rose nicht gewinnen.«

»Ihr Video ist überall im Netz, sie hat sogar ein zweites hochgeladen, in dem sie erzählt, wie sie ›dem Tod nur ganz knapp von der Schippe gesprungen ist‹, und daran sei allein ich schuld gewesen«, sagte ich mit einem Seufzen. »Ich befürchte, sie hat längst gewonnen, Mum.«

Mit einem lauten *Pling* öffneten sich die Türen, und wir traten hinaus in die Lobby. Obwohl ich schon immer im Hotel Royal lebte, konnte ich mich niemals sattsehen an dem Anblick, der sich einem bot, sobald die Lifttüren aufglitten. Mein Ururgroßvater, der es vor einer Ewigkeit gegründet hatte, plante ursprünglich, es zum nobelsten Hotel der Welt zu machen, deshalb ließ er all diese riesigen Säulen und die funkelnden

Lüster und Marmorböden einbauen. Er ließ die kostbaren Stofftapeten sogar mit goldenem Blattwerk verzieren, damit kein Zweifel daran aufkam, dass es sich um ein Luxushotel handelte. Ich stelle mir meinen Ururgroßvater immer als totale Drama-Queen vor, der ständig Sachen sagte wie: »Mehr Gold, Leute! Gebt mir mehr Gold!«

Komischerweise spricht er in meiner Vorstellung immer mit französischem Akzent.

»Guten Morgen«, begrüßte Matthew mich gut gelaunt und schenkte mir ein breites Grinsen, während er hinter der Rezeption hervortrat. »Und, wie geht es uns heute?«

»Ich hasse mein Leben.«

»Ausgezeichnet! Dann bist du ja bestens gerüstet, um dich diesem Montagmorgen zu stellen!«

Er zwinkerte Mum zu. »Christine, Audrey hat nach Ihnen gesucht. Sie würde gern ihre Gesprächsnotizen für das Meeting um neun noch einmal mit Ihnen durchgehen.«

Ich verstand echt nicht, wie Matthew immer so blendend gelaunt sein konnte. Als Chefconcierge musste er sich mit jedem einzelnen Gast unterhalten und immer freundlich sein, selbst wenn jemand mies drauf war und seine schlechte Laune an ihm ausließ. Außerdem kümmerte er sich um das hoteleigene Buchungssystem, das war so eine öde Aufgabe, schlimmer ging's gar nicht. Er tat das schon seit einer Ewigkeit! Freiwillig! Letztes Jahr musste ich mal einen Tag lang Buchungen eingeben, dabei langweilte ich mich fast zu Tode. Aber irgendwie schien er der festen Überzeugung zu sein, sein Job sei der beste der Welt.

»Ich könnte niemals irgendwo anders als im Hotel Royal arbeiten«, gestand er mir einmal, und dabei hatte er so ein verträumtes Funkeln in den Augen. »Das Haus ist einfach magisch.«

Was ja schon voll süß ist und alles, aber eigentlich hätte ich am liebsten gekotzt.

»Danke, Matthew«, sagte Mum. »Ist Audrey in ihrem Büro?«

»Ich bin hier!«

Audreys Stimme hallte durch die Rezeption, begleitet vom vertrauten Klackern ihrer unglaublich hohen Stilettos auf dem Marmorboden. Schon klar, dass ich sie eigentlich bewundern sollte, weil sie alles so perfekt organisierte und als Geschäftsführerin des Hotels unverzichtbar war. Aber ich glaube, noch viel mehr beeindruckte mich ihr Talent, tagein, tagaus auf diesen ultrahohen Absätzen herumzulaufen. Ich habe sie damit sogar wirklich mal rennen sehen, als sie etwas »spät« dran war für einen wichtigen Termin, und sie sah tatsächlich aus wie eine von diesen Giraffen, die in den Dokumentarfilmen von David Attenborough durch endlose Weiten galoppieren. Außerdem kam Audrey NIE zu spät, das glaubte sie bloß selbst immer. Und das hieß, dass wir jedes Mal hundert Stunden zu früh dran waren, wenn sie mich irgendwohin brachte.

Als ich das mit dem Giraffengalopp einmal ihr gegenüber erwähnte, war sie allerdings nicht allzu begeistert. Aber egal – das sind doch megaelegante Tiere! Besser als ihr Vergleich, als ich mir mal ein paar Rosen von der Rezeption borgen wollte, um sie anlässlich einer Party in mein Zimmer zu stellen (weil das Hotel ja streng genommen mein Zuhause ist, also waren das folglich auch meine Blumen). Audrey sah mich ganz seltsam an, als sie das hörte, und meinte, ich erinnerte sie ein wenig an Edmund aus den *Narnia*-Büchern. Als ich daraufhin eine Google-Suche startete, fand ich heraus, dass das ganz und gar kein Kompliment war. Er hintergeht seine Geschwister nämlich für Türkischen Honig. Und der ist ja wohl echt eklig.

Ich meine, wie blöd muss man sein, wenn man sich ausgerechnet für diese widerwärtige Süßigkeit entscheidet? Wenn man schon die eigene Familie verrät, sollte es doch wohl wenigstens etwas richtig Leckeres sein, so was wie Gummibärchen oder Brausepulver.

»Hättest du kurz Zeit für eine kleine Besprechung vor unserem Meeting, Christine?«, fragte Audrey mit einem Stapel Akten auf dem Arm.

»Ich setze Flick nur schnell in einen Wagen, der sie zur Schule fährt, danach können wir –«

»Mum, ich kann doch zur Schule laufen.«

»Nicht, solange die da draußen lauern wie die Aasgeier, kommt gar nicht infrage«, erklärte sie entschieden und deutete mit dem Kinn auf die Horden von Reportern, die auf den Stufen vor dem Hotel herumlungerten.

Also, mal im Ernst, wie ist es möglich, dass ich dermaßen viel Aufmerksamkeit errege, und trotzdem will keiner meinen Videoblog abonnieren?

Matthew organisierte also einen Fahrer, der mich vor dem Nebeneingang abholen sollte, doch die Paparazzi ließen sich nicht hinters Licht führen. Weil bei uns im Hotel das ganze Jahr über irgendwelche Berühmtheiten abstiegen, kannten sie sich ganz genau aus. Mit solchen Tricks ließen sie sich nicht hereinlegen. Ein paar von ihnen belagerten deshalb auch schon den Seiteneingang, kaum dass ich auf die Straße hinaustrat und auf den Wagen zuging. Sofort wurde ich mit Fragen bombardiert, unzählige Kameras waren auf mich gerichtet.

»Flick, warum bist du auf Nancy Rose losgegangen?«

»Möchtest du dich zu dem Vorfall äußern?«

»Flick, wie geht es dir mit ihrem Kommentar von heute Morgen, von wegen, du hättest es nicht verdient, Erbin des Hotel Royal zu sein?«

»Flick, hältst du dich selbst für eine Diva?«

»Flick, hast du Nancy Rose attackiert, um auf dich aufmerksam zu machen?«

»Würdest du dich selbst als wild bezeichnen?«

Mum schlug entschlossen die Wagentür hinter mir zu, während ich auf den Rücksitz kletterte und Peter, der Fahrer, den Fuß aufs Gaspedal drückte. Ich stieß ein lang gezogenes Seufzen aus und vergrub den Kopf in den Händen, als wir endlich losfuhren. Als ich wieder aufsah, bemerkte ich, dass Peter mich mit besorgter Miene im Rückspiegel musterte. Sky hatte mir mal eingeschärft, ich sollte nie auf Fragen und Gerüchte hören, mit denen Reporter einen bestürmten. Sie meinte, die wären nur darauf aus, eine Reaktion zu provozieren, mit der sie einen dranbekamen. Aber eine Frage ging mir nicht mehr aus dem Kopf; noch als wir an der Schule angekommen waren, sann ich darüber nach.

»Flick, wie geht es dir mit ihrem Kommentar von heute Morgen, von wegen, du hättest es nicht verdient, Erbin des Hotel Royal zu sein?«

»Das ist doch lächerlich«, sagte Cal, nachdem ich ihm, Grace und Olly von Nancys neusten Anschuldigungen erzählt hatte. Sie hatten mich bereits an meinem Schließfach erwartet. »Natürlich hast du es verdient, Hotelerbin zu sein.«

»Was soll das überhaupt heißen?«, fügte Olly augenrollend hinzu.

»Das soll heißen, dass angesehene Hotelerbinnen sich nicht wie verzogene Gören aufführen und Journalistinnen vermöbeln. Nicht, dass ich das getan hätte«, antwortete ich, während ich meine Spindtür öffnete.

Erschrocken schrie ich auf, als mir meine Bücher entgegenkamen und auf dem Boden landeten.

»Wann räumst du da drin eigentlich endlich einmal auf?«, fragte Olly lachend, und schon bückten sich die drei, um mir beim Aufsammeln zu helfen. »Das passiert dir doch jeden Tag.«

»Das passiert mir *nicht* jeden Tag«, protestierte ich. Olly und Cal grinsten sich verstohlen zu, während Grace mir half, die Bücher zurück ins Schließfach zu stopfen und die Tür zuzuknallen, bevor sie wieder rauspurzeln konnten.

Seit den Ereignissen im vergangenen Schuljahr verbrachte ich viel mehr Zeit mit Grace, ihrem Bruder Olly und Cal. Man könnte fast sagen, wir waren ein bunt zusammengewürfelter Haufen, den eine Art Freundschaft verband, eine Clique von Sonderlingen. Grace und Olly hatte ich erst letztes Jahr kennengelernt, aber Cal kannte ich schon seit meiner Kindheit. Wir waren beste Freunde, als wir noch klein waren, und trieben im Hotel immer allerhand Unfug. Nur dass er sich dann plötzlich in den totalen Nerd verwandelte; ständig hatte er diese Kopfhörer um den Hals, als wären sie ein modisches Accessoire, und er redete nur noch über Dinge wie Bücher und Star Trek. Und deshalb hatte ich ihn, so hatte er es formuliert, »fallen gelassen wie eine heiße Kartoffel«.

So was würde doch echt nur ein Nerd sagen. Keiner redete heutzutage mehr von »heißen Kartoffeln«.

Jedenfalls waren die drei echt pflegeleicht im Vergleich zu Ella, mit der ich mich damals um die gleiche Zeit zerstritten hatte.

Ich genoss es, Freunde zu haben, die mich nicht ausnutzten, um auf der Beliebtheitsskala möglichst weit oben zu stehen oder um kostenlos an Backstagepässe für Konzerte ranzukommen. Je länger ich darüber nachdachte, desto schwerer fiel es mir, mir zu erklären, wie ich je mit Ella hatte befreundet sein können. Es war ja nicht so, als hätten wir irgendwann richtig Spaß miteinander gehabt oder zusammen gelacht, bis uns die Bäuche wehtaten. (Mit Grace erlebte ich das fast jeden Tag. Ihre Lehrerimitationen waren einfach der Hit.) Ella war jemand, der sich gern über alles und jeden beklagte und sich ständig über unsere Mitschüler ausließ. Im Grunde interessierte sie nur eins, nämlich dass sie den *Anschein* erweckte, als würde sie Spaß haben. In echt passierte das allerdings nie. Eigentlich verbrachten wir unsere Zeit damit, allen an der Schule zu zeigen, dass wir was Besseres waren.

Und dann hatte sie mich im vergangenen Jahr dabei erwischt, wie ich im Hotel im Restaurant aushalf und Essen servierte. Da fing sie plötzlich an, Gerüchte über mich in die Welt zu setzen, und behauptete, ich hätte die ganze Zeit bloß gelogen, von wegen, ich würde mit Promis abhängen und wäre mit Skylar Chase befreundet.

Was nur zum Teil stimmte. Tatsächlich hatte ich ein wenig geschwindelt, was die Sache mit den Leuten anging, mit denen ich im Hotel Umgang hatte. Aber dass ich mich mit Sky angefreundet hatte, war hundertprozentig wahr. Jedenfalls geigte Grace ihr daraufhin die Meinung, weil sie so gemeine Sachen über mich erzählt hatte, und dann machte Grace' Bruder Olly auch noch Schluss mit Ella, einfach weil sie kein besonders netter Mensch war. Wobei, sicher lag es zum Teil auch daran, dass sie ihm ständig Haare an den Armen auszupfte, wenn sie wieder einmal an ihm hing wie eine Klette.

Ella gab allein mir die Schuld an all dem und redete seither nicht mehr mit mir. An Weihnachten wollte ich das alles wiedergutmachen, um dann im neuen Jahr noch einmal von vorn anzufangen, aber sie war nicht interessiert. Stattdessen ließ sie keine Gelegenheit ungenutzt, um mir böse Blicke zuzuwerfen und dann einem der Mädchen aus ihrer Clique etwas zuzuraunen. Man würde doch eigentlich erwarten, dass sie ein wenig nachsichtiger mit mir hätte sein müssen, wo ich ihr all die Jahre Klamotten von mir geliehen hatte.

»Du hörst doch nicht allen Ernstes auf das, was Nancy Rose so von sich gibt, oder?«, fragte Cal. »Die ist doch bloß sauer auf dich, weil du auf sie losgegangen bist. Das legt sich schon wieder, und dann sucht sie sich ein neues Opfer.«

»Ich wiederhole mich zwar, aber ich sage es gern noch einmal: Ich habe ihr NICHTS getan! Sie wollte sich Fritz' Tasche krallen, da habe ich sie lediglich daran *erinnert,* dass sie nicht ihr gehört. Daraufhin hat sie das Ganze völlig unnötig aufgebauscht und mich dastehen lassen, als wäre ich voll die Diva. Und das bin ich ja nun ganz und gar nicht, wie ihr wisst!«

Ich wandte mich den anderen zu, um mir ihre Zustimmung zu holen. Aber keiner von ihnen wollte mir in die Augen sehen, alle starrten sie betreten auf ihre Füße.

»Ich bin keine Diva«, sagte ich, falls sie mich beim ersten Mal nicht richtig verstanden hatten.

»Klar. Sicher.« Olly nickte.

»Natürlich nicht«, versicherte mir auch Grace.

»Total bodenständig«, fügte Cal in ernstem Ton hinzu.

Und dann fingen die drei an, wild zu kichern. UND DIESE VERRÄTER WOLLTEN MEINE FREUNDE SEIN?

»Hey! Ich bin keine Diva!«, rief ich empört.

»Wobei du bis vor Kurzem schon noch herumstolziert bist wie eine Diva.« Cal grinste. »Und dann hast du vom Chefkoch verlangt, er solle für Fritz eine dreistöckige Torte backen, als der sechs Monate alt wurde …«

»Ich wollte, dass Fritz das Gefühl hat, etwas Besonderes zu sein!«, protestierte ich. »Und ich hab das nicht verlangt. Ich habe Chefkoch Kian höflich gefragt, ob er Zeit hätte …«

»Und einmal hat sie sich geweigert, zu Fuß zum Laden zu gehen, und sich von Peter fahren lassen«, steuerte Olly bei und gab Cal nickend recht.

»Moment, so war das ja gar nicht. Es hat geregnet an dem Tag, und Peter bot mir an, mich zu fahren, als er mich mit den ganzen Taschen losziehen sah und –«

»Vergiss nicht, wie sie von uns verlangt hat, ihr Eis in der Mikrowelle zu erwärmen«, fiel Grace jetzt hämisch mit ein.

»Das Eis war furchtbar kalt!« Mürrisch verschränkte ich die Arme. »Ich glaub das alles nicht. Da mache ich die Hölle durch wegen Nancy Rose, und meine besten Freunde ziehen mich durch den Kakao, weil –«

Cal hob die Hände, um mich zu stoppen. »Flick, jetzt reg dich nicht auf, wir machen doch nur Spaß!«

»Natürlich wissen wir, dass du keine Diva bist!«, kicherte Grace.

Gerade als ich den Mund aufmachen und etwas sagen wollte, rempelte mich jemand von hinten an, sodass ich vorwärtstaumelte, direkt auf Cal zu, der mich zum Glück auffing. Als ich mich umdrehte, stand Ella grinsend vor mir.

»*Entschuldige* bitte, Flick«, sagte sie, klang aber ganz und gar nicht so, als würde es ihr leidtun. »Ich hab dich gar nicht gesehen.«

»Kein Problem«, presste ich zwischen zusammengebissenen Zähnen hervor.

»Ich finde den neusten Blogbeitrag von Nancy Rose übrigens richtig amüsant.«

»Verzieh dich, Ella«, beeilte Olly sich zu sagen und sah sie mit angewiderter Miene an.

Ella wurde rot, weil diese harten Worte aus dem Mund ihres Exfreundes ihr offenbar doch wehtaten. Allerdings nicht genug, um uns in Frieden zu lassen.

»Mich hat das gar nicht überrascht, was zwischen euch vorgefallen ist«, fuhr sie in überheblichem Tonfall fort. »Du solltest echt lernen, dein explosives Temperament zu zügeln.«

»Ich habe kein explosives Temperament«, gab ich genervt zurück.

Weil meine Haare leicht rötlich waren, wurde ich oft gehänselt, von wegen, ich sei ein echter Hitzkopf. Was mich gleich noch mehr reizte.

»Siehst du?« Sie schnappte empört nach Luft. »Da will man bloß nett sein, und du gehst sofort auf mich los! Genau wie bei Nancy Rose. Kein Wunder, dass sie dich Diva nennt. Du hast dich *echt* verändert.«

Meine Wangen leuchteten vor Zorn rot auf, und ich spürte, wie Cal mir sanft den Oberarm drückte, um mich zu warnen. Ich glaubte sogar, seine Stimme zu hören, die mir zuraunte, ich solle nicht gleich wieder in die Luft gehen.

»Ich habe mich nicht verändert, Ella«, entgegnete ich, kochend vor Wut. »Ich weiß inzwischen nur genau, wer meine wahren Freunde sind.«

»Tja, wissen sie auch, wer du wirklich bist?«

»Was soll das denn heißen?«, fragte ich und funkelte sie finster an.

»Hallo? Bin ich eigentlich die Einzige hier, die sich den Videoblog von Nancy Rose angesehen hat?«, fragte sie mit verdutzter Miene. »Flick ist auf sie losgegangen wegen einer Handtasche! Wer macht denn so was?«

»So war das doch gar nicht. Ich bin doch nicht –«

»Kein Rauch ohne Feuer, Flick. Und ich habe die Videoaufnahmen gesehen, wie du von den Sicherheitsleuten aus dem Raum eskortiert wirst. Du musst also *irgendwas* getan haben.« Sie schleuderte ihr Haar zurück über die Schulter, ehe sie an Cal gewandt sagte: »Cal, es überrascht mich, dass ausgerechnet du nicht sauer auf deine *Freundin* bist. Wolltest du nicht Journalist werden?«

»Na ja, schon«, murmelte Cal und wirkte erstaunt, dass sie überhaupt wusste, wer er war. »Aber das heißt doch nicht –«

»Wenn Flick nicht zugelassen hätte, dass ihr Temperament mit ihr durchgeht, hätte sie es sich vielleicht noch einmal überlegt, bevor sie auf jemanden losgeht. Und zwar auf jemanden, der für dich ein wertvoller Kontakt hätte sein können. Nancy Rose ist eine der berühmtesten Reporterinnen der Welt.«

»Okay, zum LETZTEN MAL: Ich bin nicht losgegangen auf –«

»Andererseits halte ich dich für einen echt netten Kerl.« Sie lächelte ihn zuckersüß an, ehe sie mir einen bösen Blick zuwarf. »Vielleicht sollte deine liebe Freundin Flick das ein bisschen mehr zu würdigen wissen.«

Mir hing die Kinnlade fast bis zum Boden hinunter.

»Wie auch immer«, erklärte sie total selbstgefällig, »ich muss los zur Versammlung. Vergiss bloß eins nicht, Flick: Dein egoistisches Verhalten wirft ein schlechtes Licht auf alle, die mit dir zu tun haben. Behalt das bitte im Hinterkopf.«

Ich spürte, wie blanker Hass in mir aufwallte und mir den Magen zusammenschnürte, als sie auf dem Absatz kehrtmachte und über den Flur verschwand.

KAPITEL 3

Auf dem Weg zur morgendlichen Versammlung dämmerte mir, was Ella vorhatte.

Natürlich, es war ja SO WAS VON offensichtlich! Sie ertrug es nicht, dass Grace und Olly sich bei unserem Streit für mich entschieden hatten, deshalb nutzte sie die Sache mit Nancy Rose jetzt, um meine Freunde glauben zu lassen, ich sei ein schlechter Mensch. Kein Zweifel, sie wollte sie gegen mich aufhetzen!

Das war klar wie Kloßbrühe. Seit unserem Zerwürfnis damals suchte sie nach einer Möglichkeit, es mir heimzuzahlen, und das war die perfekte Gelegenheit.

»Denk doch mal nach, Grace«, raunte ich ihr auf dem Weg in die Aula zu. »Warum sonst sollte sie zu Cal sagen, dass er ein netter Kerl ist?«

»Das war echt ein bisschen eigenartig«, gab Grace zu. »Das letzte Mal, als sie mit Cal geredet hat, hat sie ihm erklärt, seine Haare sähen aus wie die eines Pudels, dem man das Fell wild durcheinandergeföhnt hat.«

»Sie will es mir heimzahlen, deshalb musst du gut aufpassen. Bestimmt will sie dich mit ihren gehässigen Bemerkungen gegen mich aufhetzen. Das ist alles Teil ihres hinterlistigen Plans.«

Grace lachte. »Sei doch nicht albern, Flick! Du weißt genau, wie Ella ist; sie sagt gern dummes Zeug. Am besten achten wir gar nicht auf sie. Mach dir keine Sorgen, ich glaube nicht, dass sie einen Plan ausgeheckt hat, um alle deine Freunde gegen dich aufzubringen.«

»Du kennst Ella längst nicht so gut wie ich«, schnaubte ich. »Sie ist echt meganachtragend. Habe ich dir schon mal erzählt, wie ich aus Versehen ihr Kokoswasser ausgetrunken habe?«

»Äh, nein.«

»Mensch, war das ein Drama.« Ich seufzte, während ich mir den Vorfall in Erinnerung rief. »Ich dachte, es würde ihr nichts ausmachen, wenn ich von ihrem Kokoswasser trinke, aber wie sich hinterher rausstellte, war es nicht irgendein Kokoswasser, es war ein ganz *besonderes* Kokoswasser. Ihre Mutter hatte es extra für sie im Ausland bestellt. Und dann war es auch noch ausgerechnet die letzte Packung! Bis zum heutigen Tag wünschte ich, ich hätte die Finger davon gelassen.«

Grace sah mich fragend an. »Was ist passiert?«

»Sie war so sauer auf mich, dass sie mich wieder auslud, als ich bei ihr übernachten sollte.«

»Du durftest nicht bei ihr übernachten, weil du ihr Kokoswasser getrunken hattest?« Grace wirkte fassungslos. »Du machst Witze, oder?«

»Leider nein«, sagte ich, während wir in der Aula Platz nahmen. »Ich musste Matthew bitten, seine Zauberkräfte als Chefconcierge spielen zu lassen und neues Kokoswasser für mich aufzutreiben.«

»Und, hat er?«

»Du kennst doch sein Motto, Grace.« Ich lächelte. »Nichts ist unmöglich im Hotel Royal. Es gelang ihm, eine ganze Kiste von dem Zeug geliefert zu bekommen. Nachdem ich damit in der Schule aufgekreuzt war, schenkte sie mir ein neues Freundschaftsarmband.«

»Wow.« Grace nickte und wirkte beeindruckt. »Und das alles wegen ein bisschen Kokoswasser.«

»Ich sag dir eins, Grace«, flüsterte ich, als ich Ella ein paar Reihen vor uns entdeckte. Sie unterhielt sich gerade mit einigen Mädchen aus der Jahrgangsstufe über uns. »Das heute Morgen war nur der Anfang. Wahrscheinlich zieht sie genau in diesem Moment über mich her. Wahrscheinlich erzählt sie denen da vorn, was für ein schlechter Mensch ich bin und dass man sich von mir besser fernhalten sollte.«

Grace und ich lehnten uns gleichzeitig vor, um ein paar Fetzen von ihrem Gespräch aufzuschnappen.

»Ich glaube«, setzte Grace nachdenklich an, »sie hat was von Parfüm gesagt.«

»Ja, logo! Kapierst du denn nicht?«, zischte ich und schüttelte hinter Ellas Rücken den Kopf. »Parfüm hat was mit Blumen zu tun! Also auch mit Rosen! Wie in Nancy Rose! Sie beeinflusst das Unterbewusstsein der Leute und sorgt dafür, dass alle ständig an diese Sache denken!«

Grace warf mir einen sonderbaren Blick zu und öffnete gerade den Mund, um etwas zu sagen, als die Direktorin, Mrs Walker, eintraf und sich Stille über die Aula senkte.

Mrs Walker fing an, die Neuigkeiten vorzulesen. Nur dass ich kein Wort von dem, was sie sagte, mitbekam. Ich war viel zu abgelenkt von Ellas Hinterkopf. Ständig musste ich über das nachdenken, was sie vor der Versammlung zu Cal gesagt hatte, und jedes Mal flammte die Wut aufs Neue in mir auf.

Sie war schon immer eifersüchtig auf mich, selbst als wir noch beste Freundinnen waren. Ich weiß noch, was für einen zufriedenen Eindruck sie machte, als sie mit ihrer Mum mal zum Mittagessen ins Hotel kam. Sie sah mich nämlich, wie ich den Gästen das Essen servierte, weil Timothy, einer unserer besten Kellner, mir beibrachte, wie der Betrieb im Restaurant lief. Unmittelbar danach fing sie an, Gerüchte über mich zu verbreiten. Und selbst jetzt, da wir uns seit Wochen nicht mehr unterhalten hatten, war sie sofort zur Stelle und machte Luftsprünge vor Freude, weil ich in aller Öffentlichkeit blamiert wurde.

War sie mir eigentlich je eine richtige Freundin gewesen? Oder lag sie immer schon auf der Lauer und hoffte insgeheim, ich würde mir einen Schnitzer erlauben? Oh Mann, ich fühlte mich so dermaßen verraten von ihr!

Ella war echt wie Edmund mit seinem Türkischen Honig.

Ich war so sauer, dass Ella mir derart in den Rücken fiel, dass ich gar nicht mitbekam, wie Mrs Walker Cals Namen sagte.

»Was tut Cal da?«, raunte ich Grace zu, als er sich erhob und zu ihr nach vorn ans Pult ging.

»Du wirst schon sehen«, meinte sie grinsend.

Cal räusperte sich und trat verlegen von einem Bein aufs andere, während die ganze Schule gebannt darauf wartete, dass er etwas sagte.

»Ich würde gern eine Ankündigung machen. Wir planen eine Schülerzeitung, in der wir euch Neuigkeiten und Veranstaltungshinweise präsentieren, aber auch über allgemeine Themen, die von Interesse sind, berichten. Ähm, tja ... Unser erstes Redaktionstreffen findet heute nach der Schule statt, wer also Lust hat und sich uns anschließen möchte ... jeder kann mitmachen. Die erste Ausgabe soll zum Schuljahresende erscheinen. Ja, genau. Das war's schon. Danke.«

Hastig schlurfte er zurück zu seinem Platz, und Mrs Walker bedankte sich bei ihm und wies darauf hin, dass die Zeitung eine wunderbare Chance für aufstrebende junge Journalisten sei; eine Mitarbeit würde sich gut in den Bewerbungsunterlagen fürs College oder für Jobs machen.

»Warum hat er mir nichts davon erzählt?«, wandte ich mich an Grace, die den Daumen hochreckte, als er ihrem Blick begegnete.

»Du warst doch viel zu sehr mit anderen Dingen beschäftigt«, erklärte sie, ehe sie voller Stolz hinzufügte: »Ich werde als Enthüllungsjournalistin mitarbeiten.«

»Ich dachte, du willst Tierärztin werden?«, fragte ich verwundert.

»Es ist gut, in Bewerbungen viele verschiedene Aktivitäten und Interessen angeben zu können. Studienplätze für Tierärzte sind hart umkämpft. Da muss man sich schon aus der Masse der Bewerber hervorheben. Es kommt nicht allein auf gute Noten an.«

Nachdenklich lehnte ich mich auf meinem Stuhl zurück, während Mrs Walker die restlichen Neuigkeiten verlas und dann alle in die erste Unterrichtsstunde des Tages entließ. Ich fand leider keine Gelegenheit, Cal zu der Zeitungssache zu befragen, deshalb musste ich wohl oder übel bis zur Mittagspause warten, in der wir uns in der üblichen Ecke der Cafeteria trafen.

Schon den ganzen Vormittag wurde heftig getuschelt, sobald ich einen Raum betrat, deshalb war ich nicht unbedingt überrascht, dass sämtliche Schüler die Köpfe hochrissen, als ich reinkam. Alle sahen zu, wie ich mich setzte.

»Denken die denn ernsthaft, ich hätte Nancy Rose zu Boden gestoßen, nur wegen einer Handtasche?« Ich seufzte und blickte mich nervös um.

»Ich finde das spitze«, sagte Grace gut gelaunt.

»Wie kann man das denn spitze finden?«, hakte ich verwundert nach.

»Na, weil sich jetzt garantiert keiner mehr mit dir anlegt. Ich glaube, die meisten sind sogar richtig beeindruckt, dass du sie zu Fall gebracht hast.«

»Ich habe niemanden zu Fall gebracht«, ächzte ich. Ich ließ die Gabel sinken und vergrub den Kopf in den Händen. »Sie hat versucht, mir die Handtasche zu entreißen.«

»Streng genommen hast du sie ihr aber als Erste entrissen«, merkte Cal an.

Wütend funkelte ich ihn an. »Auf wessen Seite stehst du eigentlich?«

»Natürlich auf deiner«, entgegnete er mit einem durchtriebenen Grinsen. »Auch wenn du eine kleine Diva bist.«

»Wie Grace schon sagte: Ich glaube, für dein Image wird es Wunder wirken.« Olly nickte und trank einen Schluck Wasser. »Keiner wird je wieder auf die Idee kommen, dir eine Dackel-Handtasche wegnehmen zu wollen.«

»Wechseln wir lieber das Thema«, schlug ich vor, aber am liebsten wäre ich nach Hause gegangen, um mich unter der Bettdecke zu verkriechen. »Du startest also eine Schülerzeitung, Cal? Hättest du nicht wenigstens mal was sagen können?«

»Ich dachte, du bist momentan vielleicht nicht so scharf auf Journalisten.«

»Ja, schon, aber das betrifft nur bestimmte Journalisten«, gab ich zurück.

»Ich kann es gar nicht erwarten, mich an die Arbeit zu machen«, verkündete Olly begeistert. »Ich habe ein paar richtig tolle Ideen für die erste Ausgabe.«

»Moment mal ...« Ich schaute von Olly zu Cal und wieder zurück. »Du machst auch mit bei der Schülerzeitung?«

»Darf ich vorstellen? Ich bin für politische Kommentare und Filmrezensionen zuständig.« Olly grinste breit. »Eigenartige Mischung, ich weiß.«

»Wow«, sagte ich. Ich wusste, dass Olly entweder Politiker oder Anwalt werden wollte, trotz seines musikalischen Talents, deshalb konnte ich das durchaus nachvollziehen.

»Ich hoffe, dass sich noch mehr Leute beteiligen, wenn wir jemand so beliebten wie Olly im Team haben«, erklärte Cal. »Wenn es die Runde macht, dass du mit an Bord bist, kommen sie sicher in Scharen.«

»Ja, klar.« Grace zog die Nase kraus, während ihr Bruder über Cals Kommentar nur lachte.

Trotzdem lag Cal vermutlich goldrichtig. Olly war einer der heißesten Typen der Schule, mit seinen langen dunklen Wimpern und den hohen Wangenknochen und so. Manchmal, wenn wir miteinander redeten, tat ich mich schwer, mich auf das zu konzentrieren, was er sagte, weil er so hübsche Augen hatte. In denen verlor ich mich jedes Mal total, bis ich realisierte, dass er mir eine Frage gestellt hatte und auf eine Antwort wartete. Normalerweise hatte ich keinen Schimmer, worum es ging, weil ich dabei war, darüber nachzudenken, wie intensiv sein Blick war und ob er wohl eine Wimpernzange verwendete oder ob das alles natürlich war. Dann bekam ich Panik und nickte einfach nur und sagte »JA«, voller Überzeugung, und hoffte das Beste.

Das hatte schon oft zu peinlichen Situationen geführt, wie dieses eine Mal, als ich mich aus Versehen einverstanden erklärte, bei einem der Auftritte seiner Band zusammen mit Grace als Backgroundsängerin aufzutreten.

Bei der Probe hörte er dann nach drei Minuten auf zu spielen, drehte sich zu mir um, sah mich mit amüsierter Miene an und sagte: »Ich dachte, du könntest singen.«

Und wegen genau dieser Sache vermache ich meine topmodernen Lautsprecher in meinem Testament nicht Olly. Das hatte ich festgehalten, unmittelbar nachdem ich mir Nancy Roses Videoblog angesehen hatte. Und dabei jammerte er mir ständig was vor, von wegen, wie gern er doch auch solche Lautsprecher hätte. Das soll ihm eine Lehre sein; warum muss er sich auch über meine glockenhelle Stimme lustig machen!

Stattdessen gehen die beiden hübschen Stücke jetzt an Bruce, Grace' Schildkröte.

»Eigentlich sind wir ganz gut besetzt«, fuhr Cal fort. »Wir haben Olly für den Kulturteil, Grace ist unsere Enthüllungsjournalistin, und ich kümmere mich um die allgemeinen Themen.«

»Und du bist Herausgeber«, sagte Grace, woraufhin Cal rot wurde. »Eine nicht ganz unwesentliche Rolle.«

»Ich hoffe, dass wir auch ein paar begeisterte Fotografen gewinnen können. Olly, hat dein Freund Liam nicht diese total coole Kamera?«

Ehe Olly antworten konnte, räusperte ich mich.

»Und was ist mit mir?«

Alle drei sahen mich fragend an.

»Was soll mit dir sein?«, stellte Cal die Gegenfrage, offensichtlich verwirrt.

»Was für eine Rolle übernehme ich?«

»Du ... du willst auch mitmachen?« Cal wechselte einen verunsicherten Blick mit Olly. »Dir ist schon klar, dass das Extraarbeit bedeutet? Du weißt schon, zusätzlich zur Schule. Du müsstest Ideen beisteuern und solche Sachen.«

»Was soll das denn heißen?«, fragte ich leicht eingeschnappt und sah ihn stirnrunzelnd an.

»Nichts, nichts«, meinte Cal lachend und hob abwehrend die Hände. »Ich wollte doch den Handtaschen-Hooligan nicht verärgern.«

»Ich bin KEIN Handtaschen-Hooligan«, grummelte ich verärgert und merkte, wie meine Wangen zu glühen begannen. »Und nur zu deiner Information: Ich kann haufenweise Ideen zu deiner dämlichen Zeitung beisteuern. Haufenweise!«

»Zum Beispiel?«, fragte er, lehnte sich zurück und verschränkte abwartend die Arme.

Ehrlich, kein Mensch schaffte es, mich so auf die Palme zu bringen wie Cal Weston. Und er genoss das total, was mich gleich noch MEHR nervte.

»Zum Beispiel ... na ja ... äh ...« Mit einem Mal herrschte Leere in meinem Kopf. »Mir ... fällt schon was ein, du wirst sehen.«

»Ich freue mich auf deine Präsentation beim ersten Redaktionstreffen nach der Schule«, meinte Cal grinsend. »Wir sehen uns doch, oder?«

»Oh, darauf kannst du dich verlassen.«

Später bereute ich meine Entscheidung bitterlich. Ich hatte nämlich NULL Plan, was ich zu der Zeitung beitragen könnte, und ich wusste nicht, wie ich mich einbringen sollte. Alle anderen hatten ihre ganz speziellen Interessen, deshalb würde die Arbeit an dieser Zeitung ihrer zukünftigen Karriere zugutekommen. Meine Karriere dagegen war bereits festgelegt – ich würde das Hotel Royal leiten –, und das Einzige, was mich ansonsten interessierte, waren mein Hund und seine offen gestanden wirklich sagenhafte Garderobe.

Deshalb beschloss ich, Cal kurzerhand zu gestehen, dass er doch recht gehabt hatte. Ich hatte nichts zu dieser dämlichen Zeitung beizutragen. Außerdem hatte ich in meiner Freizeit genügend andere Dinge zu erledigen, und die hatten Priorität, besten Dank auch.

Zum Beispiel musste ich die Welt davon überzeugen, dass ich kein Handtaschen-Hooligan war.

Als der Gong ertönte und das Ende der letzten Stunde ankündigte, marschierte ich entschlossen in das Klassenzimmer, in dem das Redaktionstreffen stattfinden sollte, und hielt direkt auf Cal zu, der vorn an der Tafel stand.

»Cal«, verkündete ich, ehe er etwas sagen konnte. »Ich bin nicht hier, um mitzuarbeiten …«

»Warum bist du dann hier?«, fragte eine gelangweilte Stimme aus der Zimmerecke.

Ich drehte mich um, und sofort klappte mir die Kinnlade hinunter.

»Darf ich dir das neuste Mitglied unseres Teams vorstellen«, sagte Cal und warf mir einen warnenden Blick zu, während er auf Ella deutete.

Das MUSSTE jetzt aber ein dummer Scherz sein.

KAPITEL 4

»Was hätte ich denn tun sollen? Ihr sagen, dass sie nicht mitmachen kann, weil du sie nicht ausstehen kannst?«

»GANZ GENAU!«

Cal saß neben mir und rollte mit den Augen. Gerade brachte Peter den Wagen an einer roten Ampel zum Stehen. Schon seit der Mittagspause hatten sich Reporter vor der Schule eingefunden, in der Hoffnung, mich auf dem Weg nach draußen zu erwischen. Deshalb hatte Mum dafür gesorgt, dass Peter mich dort abholte und sicher nach Hause brachte. Cal hing nach der Schule meistens im Hotel herum, solange sein Vater arbeitete, deshalb bot ich ihm nach dem Redaktionstreffen ganz selbstlos eine Mitfahrgelegenheit zum Royal an, natürlich völlig ohne Hintergedanken, aus reiner Herzensgüte.

Aber wehe, wenn er sich nicht damit einverstanden erklärte, Ella aus dem Redaktionsteam zu werfen. Dann konnte er zu Fuß nach Hause gehen.

»So läuft das nicht, Flick.«

»Sie will, dass ihr mich alle für einen schrecklichen Menschen haltet! Sie hat doch noch nie mit dir geredet, und auf einmal will sie deine beste Freundin sein!«

»Sie will gar nicht meine beste Freundin sein; sie will die Modestrecke für die Zeitung übernehmen. Weil sie nämlich gern ein Praktikum bei einer Modezeitschrift machen würde; das würde sich auf ihrem Lebenslauf gut machen.« Cal seufzte. »Sie hat bei dem Treffen kein Wort über dich verloren, bevor du ankamst.«

»Cal, ich schwöre dir, ich traue ihr kein bisschen über den Weg. Wieso sollte sie denn sonst freiwillig an *deiner* Zeitung mitarbeiten wollen?«

»Ich weiß es nicht, Flick«, sagte Cal. Er wirkte verletzt. »Vielleicht verfolgt sie überhaupt keinen geheimen Plan, sondern findet meine Idee, eine Schülerzeitung zu gründen, ganz gut.«

»Du weißt genau, dass das so nicht gemeint war ... Cal, ich finde auch, dass die Schülerzeitung eine tolle Idee ist. Aber eigentlich sind *wir* doch befreundet.«

Cal wirkte verstört. »Warum? Wir *sind* doch auch befreundet.«

»Nicht, wenn Ella da mitmischt! Hast du nicht gehört, was sie heute Morgen gesagt hat? Ihr zufolge schade ich deinem Ansehen!«

Cal schüttelte den Kopf. »Wenn du glaubst, dass ich mir von jemandem wie Ella einreden lasse, du wärst ein schlechter Umgang für mich, dann –«

»Sie ist wild entschlossen, allen zu beweisen, dass Nancy Rose in Bezug auf mich recht hat.« Ich linste verlegen runter auf meine Hände. »Und du hältst mich doch selbst für eine kleine Diva.«

»Ach, komm schon«, sagte Cal genervt. »Wir haben doch bloß Spaß gemacht! Das machen wir einfach zu gern ...«

»Ich verstehe nicht, wie du sie in deinem Team akzeptieren konntest. Jetzt wirst du deine komplette Freizeit mit ihr verbringen.«

»Flick, findest du nicht, dass du ein klein wenig übertreibst?« Cal sah mich mit hochgezogenen Augenbrauen an. »Seit Nancy Rose diesen Videoblogbeitrag veröffentlicht hat, hast du Ella erst zweimal getroffen, und trotzdem denkst du, sie hat es auf dich abgesehen?«

»Weil ich genau weiß, wie sie tickt. Wie war das denn mit dem Kokoswasser?«

»Hä?« Cal schien nicht zu verstehen. »Was redest du da von Kokos–«

Peter räusperte sich lautstark. »Tut mir leid, euch beide unterbrechen zu müssen, aber wir sind zu Hause.«

Im nächsten Moment schwang die Wagentür auf meiner Seite auf, und als ich den Blick hob, standen da Matthew und einer der Portiers, die sich zusammen durch die Massen von herumstehenden Paparazzi gekämpft hatten und darauf warteten, uns die Stufen hinauf zum Hoteleingang zu geleiten. Während Cal noch mit dem Sicherheitsgurt rang, bedankte ich mich in freundlichem, möglichst wenig divenhaftem Ton bei Peter und stieg aus dem Fahrzeug, um unter den schützenden Arm des Portiers zu fliehen.

Fritz erwartete mich bereits auf einem der violetten Samtsessel in der Lobby. Als er mich durch die schwere Drehtür kommen sah, sprang er auf und trippelte flink über den Marmorboden auf mich zu.

»Hey, mein Junge.« Lachend hob ich ihn hoch und ließ zu, dass er mir übers Kinn leckte. »Bist du bereit für deinen heutigen Instagram-Post?«

Ich setzte ihn auf dem Rezeptionstresen ab und musste mir sofort eine Standpauke von Matthew anhören, als er mit Cal hereinkam, den er vor den Paparazzi beschützt hatte.

»Du weißt, was Audrey davon hält: Da oben hat er nichts zu suchen«, schimpfte er, schob Fritz die Hände unter den Bauch und reichte ihn mir zurück. Hastig holte er ein Putztuch heraus und fing an, die verschmutzte Oberfläche zu polieren. »Keine Pfotenabdrücke auf der Rezeption, bitte.«

Also setzte ich Fritz wieder auf dem Boden ab und ließ zu, dass er um die Rezeption herum – und zurück zur Tür lief, wo er Cal hechelnd begrüßte.

»Ihr Sohn kann echt tierisch nerven«, sagte ich zu Matthew, der sich nun daranmachte, nach dem Tresen auch noch die Goldknöpfe an seiner Uniform auf Hochglanz zu polieren. Ich glaube, ich habe an Matthew noch nie etwas unordentlich gesehen, er ist immer tipptopp gekleidet und frisiert.

»Ihr beide habt euch also wieder mal in die Haare gekriegt, wie?« Er lachte.

»Flick ist nur wütend, weil sie ihren Willen nicht bekommen hat«, teilte Cal ihm augenrollend mit, während er Fritz hinter den Ohren kraulte, sodass der zufrieden die Zunge heraushängen ließ.

»Das stimmt doch gar nicht!«, protestierte ich lautstark. »Du weißt genau, wie mich die Sache mit Nancy Rose belastet, und *das* macht es jetzt gleich noch zehnmal schlimmer!«

»Ach, ich würde dem gar keine Beachtung schenken, Flick«, sagte Matthew und strich seine Jacke glatt. »Solche Listen liest doch ohnehin kein Mensch.«

Cal und ich wechselten einen ratlosen Blick.

»Welche Liste denn?«

Matthew machte ganz große Augen. »Oh! Ach, nichts! Tut mir leid, ich dachte, du ... würdest von was anderem reden. Vergiss, was ich gesagt habe. Dann erzählt mal weiter!«

»Wir sprachen davon, dass Ella bei der Schülerzeitung mitmachen will«, sagte Cal. »Was meintest *du* denn?«

»Matthew, welche Liste?«, fragte ich wieder.

»Ich ... vielleicht solltest du ...«, stammelte er nervös herum, doch zum Glück wurde er von Audrey erlöst, die in diesem Moment aus ihrem Büro kam und auf ihrem Handy herumtippte.

»Na, wie war's in der Schule?«, erkundigte sie sich gut gelaunt, als sie mich und Cal sah. Dann erst bemerkte sie Matthews verstörte Miene. »Was ist denn los?«

»Ich will jetzt wissen, um was für eine Liste es geht«, verlangte ich und stemmtc die Hände in die Hüften.

»Oh.« Audrey ließ ihr Handy sinken. »Du hast es noch nicht gesehen.«

»Was gesehen?«, wollte Cal wissen.

»Das ist doch alles Quatsch«, erklärte Audrey seufzend. »Reg dich bitte nicht auf, Liebes.«

»Kann mir jetzt BITTE endlich jemand sagen, was hier los ist?«, beharrte ich.

Audrey nickte und fing wieder an, auf ihrem Handy herumzutippen, ehe sie mir das Display hinhielt. Darauf war ein Tweet von Nancy Rose zu sehen. Er war vor ungefähr einer Stunde gepostet worden.

@NancyRose
EILMELDUNG: @FlickRoyal fliegt von der Liste der Top 50 der Erbinnen, die morgen veröffentlicht werden soll! Eine Informantin aus dem direkten Umfeld der Hotelerbin hat mir EXKLUSIV verraten: »Es ist an der Zeit, dass alle Flick Royals WAHRES Gesicht kennenlernen.«

Audrey und Matthew beobachteten mich mit besorgten Mienen, während ich mir den Tweet mehrmals durchlas.

»Alles in Ordnung mit dir?«, erkundigte Audrey sich vorsichtig, als ich ihr das Handy zurückgab.

»Sie haben mich aus den Top 50 geschmissen? Aber ich stehe doch schon seit Jahren auf Platz neunundvierzig!«

»In unseren Augen bist du die Nummer eins, ganz gleich, was auch passiert«, erklärte Matthew mit fester Stimme.

»Der Tweet wurde schon Tausende Male geteilt«, fiel ich ihm ins Wort. Ich war wie benommen.

Schnell zog ich mein eigenes Handy aus der Tasche und ging auf Twitter, um die Nachrichtenfunktion wieder zu aktivieren.

Nachdem ich unzählige fiese Kommentare zu dem Handtaschen-Skandal erhalten hatte, und das von lauter Wildfremden, hatte ich mich den ganzen Tag aus den sozialen Netzwerken ferngehalten und alles stumm geschaltet. Deswegen hatte ich die Sache total verpasst.

Sofort fing mein Handy an zu vibrieren, als die ganzen Kommentare, Retweets und Ähnliches reinploppten – was ich Nancy Rose zu verdanken hatte, die mich in ihrem ursprünglichen Tweet getaggt hatte.

»Blockier sie«, wies Cal mich in strengem Ton an. »Und lies bloß nichts mehr.«

»Von wem weiß sie das denn? Was ist das für eine Informantin aus meinem direkten Umfeld?« Ich schüttelte den Kopf. »Was soll das überhaupt heißen, mein ›wahres Gesicht‹? Das klingt ja fast so, als würde ich mich als jemand ausgeben, der ich nicht bin.«

»Die denkt sich diesen Unsinn doch bloß aus, damit noch mehr Leute ihren Blog besuchen«, erklärte Audrey wütend. »Niemand aus deinem Bekanntenkreis würde auf die Idee kommen, mit Nancy Rose zu reden.«

»Warte mal«, sagte ich und wechselte von dem Ordner mit meinen Benachrichtigungen zum allgemeinen Newsfeed von den Leuten, denen ich folgte. »Cal, sieh dir mal an, wer das gerade geteilt hat.«

Ich hielt ihm das Display hin, damit er einen Blick daraufwerfen konnte. Er sagte keinen Ton, als ich auf Ellas Namen deutete.

»Von wegen, niemand aus meinem Bekanntenkreis würde mit Nancy Rose reden. Hast du das nicht gerade gesagt, Audrey?«, murmelte ich und starrte nachdenklich auf Ellas Profilbild. »Da wäre ich mir nicht so sicher.«

Und dann marschierte ich in Richtung Fahrstuhl davon und ließ sie allesamt sprachlos stehen.

Hey, alles okay bei dir??

OMG, Sky! Nein, nichts ist okay. Aber schön, von dir zu hören! Willst du skypen?

Würde ich gern, bin aber mitten in einem Fotoshooting. Ist es nicht ungefähr ein Uhr nachts in London?

Konnte nicht schlafen. Ich bin aus den Top 50 der Erbinnen geflogen.

Du warst auf der Liste?? Wie cool! Oh. Tut mir leid. Ich meine, wen interessiert schon so eine blöde Liste? Mich jedenfalls nicht.

Daran ist allein Nancy Rose schuld.

Hast du sie echt zu Boden geschubst? Könnte nicht behaupten, dass sie mir leidtut. Sie hat mal ein Outfit von mir mit einem Weihnachtsbaum verglichen, den ein Hund auseinandergenommen hat.

Ich hab sie nicht geschubst. Sie ist von allein hingefallen.

Dann hat sie das also bloß erfunden? Warum macht sie so was?!

Na ja, ich hab ihr eine Handtasche entrissen. Aber sie hat sie als Erste geklaut. Ich hatte also jedes Recht dazu.

Klingt ja höchst dramatisch!

Es war tatsächlich dramatisch. Jetzt hassen mich alle.

Das ist nicht wahr.

Oh doch. Wie kann ich den Leuten beweisen, dass ich keine fiese Diva bin?

Du musst GAR NICHTS beweisen! Deine Freunde und deine Familie wissen, wer du wirklich bist, und das allein zählt!

Die Verantwortlichen für die Top-50-Liste scheinen zu finden, dass ich es nicht verdient habe, daraufzustehen.

Du regst dich doch nicht ernsthaft wegen dieser Liste auf, oder? Ich fliege dauernd von irgendwelchen Listen. Das hat doch nichts zu bedeuten.

Aber das war die einzige Liste, auf der ich stand! Ich war so stolz, Nummer 49 zu sein!

Kann ich irgendetwas tun, damit du dich besser fühlst?

Komm nach London!

Ja, bald. Du weißt, dass das meine neue Lieblingsstadt ist. Oh, ich muss aufhören; sie wollen, dass ich was von Dior überziehe. Achte nicht auf die ganzen Hasskommentare und die Tweets von Nancy Rose. Du bist die BESTE. Küsschen!

Warte.

Was meinst du damit, ich soll nicht auf die Tweets von Nancy Rose achten? Plural?!

Sie hat doch nur einmal was über mich getweetet, oder?!

Ich hab sie blockiert, deswegen kenne ich nur ihren Tweet zu der Liste!

Was hat sie denn jetzt schon wieder über mich gesagt???

Ich werde nachsehen.

Nein, das tu ich besser nicht.

Ich darf nicht nachsehen.

Oder doch?

Warum sollte ich mich weiter quälen?

Ich schaue nicht nach.

Obwohl, was, wenn die Leute
darüber reden, und ich kann mich noch
nicht mal wehren, weil ich nicht weiß,
was sie getweetet hat?!

Ich gucke jetzt nach.

Ich gucke sofort nach.

VERSUCH NICHT,
MICH DARAN ZU HINDERN!

...

OH GOTT

Das ist nicht gut.

@NancyRose
Wie aufregend! Morgen bin ich zu Gast in der Morning-Sunshine-Frühstücksshow und verrate euch alles zum Thema HANDTASCHEN-GATE. Außerdem darf ich euch eine EXKLUSIVSTORY zu einer früheren ATTACKE von Flick Royal auf das Mitglied eines KÖNIGSHAUSES präsentieren! #handtaschengate

KAPITEL 5

Das Beste an meinem Leben im Hotel ist das gute Essen.

Cal und ich trieben uns früher immer in der Küche vom Hotel Royal herum, in erster Linie, um Chefkoch Kian lustige Streiche zu spielen. Denn der lässt sich wirklich wunderbar auf den Arm nehmen, besser geht es gar nicht. Wir klauten ihm zum Beispiel seine Kochmütze und schenkten sie irgendwelchen Touristen auf der Straße. Das brachte ihn so richtig auf die Palme.

Einmal, als Cal im Hotel übernachtete, schlichen wir uns mitten in der Nacht in die Küche, stibitzten sämtliche Kochlöffel aus den Schubladen und versteckten sie in den unterschiedlichsten Ecken des Hotels. Wir hinterließen Kian allerdings Hinweise, wo sie zu finden waren, deshalb könnte man es als eine ganz persönliche Schnitzeljagd für ihn betrachten.

Seine aufgebrachten Schreie rissen uns in den frühen Morgenstunden buchstäblich aus dem Schlaf. Er brauchte Tage, um den Kochlöffel zu finden, den wir in der Vase an der Rezeption versteckt hatten. Cal und ich schafften es, eine Gruppe Touristen davon zu überzeugen, es sei eine berühmte Kunstinstallation von Andy Warhol. Der Titel des Werks laute »Der Kochlöffel im Blumenstrauß«.

Wir handelten uns wirklich sehr oft Ärger ein, aber das war es uns absolut wert.

Heutzutage spiele ich dem Chefkoch nur selten Streiche, aber ich gehe nach der Schule immer noch gern runter in die Küche, um ihm meine unschätzbare Meinung zur neusten Nachspeisenkreation kundzutun. Ein Besuch in der Küche hilft mir zuverlässig, wenn ich einen schlechten Tag hatte und eine Zuflucht brauche, in der ich Trost finde. Cal und ich sind uns einig, dass es kein Problem gibt, welches die Schokoladenmousse vom Chefkoch nicht lösen kann.

Und wenn man feststellt, dass man Ursache für einen Top-Hashtag ist, dann ist das DEFINITIV ein Problem. Obwohl es also noch früh am Morgen war, beschloss ich, Zuflucht in der Küche zu suchen, statt mich weiter schlaflos im Bett hin und her zu wälzen.

Ich schlug die Decke zurück und stieg aus dem Bett, zog Morgenmantel und Hausschuhe an. Fritz spitzte die Ohren, als ich aufstand, riss sofort seine Äuglein auf und hüpfte ebenfalls aus seinem Bettchen, das direkt neben meinem steht. Dann streckte er sich erst mal ausgiebig.

»Es ist noch nicht Zeit zum Aufstehen, Fritz«, versuchte ich, ihm zu erklären, während er mich schwanzwedelnd ansah, bereit für seinen morgendlichen Spaziergang. »Leg dich wieder hin.«

Aber er hörte nicht auf, mit der Pfote an meinem Bein zu scharren, und sobald ich ihn zurück in sein Bettchen setzte, hopste er einfach wieder raus. Schließlich gab ich es auf und holte seinen flauschigen weißen Morgenmantel mit dem Monogramm, der ordentlich gefaltet in seiner Kommode lag, und wickelte ihn fest darin ein, damit er nicht frieren musste. Dann hob ich ihn hoch, klemmte ihn mir unter den Arm und verließ mein Zimmer. Auf Zehenspitzen schlich ich zur Wohnungstür und schloss vorsichtig auf, bevor ich in den Flur hinaushuschte und per Knopfdruck den Fahrstuhl anforderte.

Das Hotel Royal war das ganze Jahr über geöffnet, wie Matthew gern jedem erzählte, der zuhörte. »Seit dem ersten Tag ohne Unterbrechung geöffnet, sogar während der Kriege«, sagte er in wissendem Ton, als würde er einen in ein großes Geheimnis einweihen. »Das Royal hat noch nie seine Pforten geschlossen. Nicht ein Mal.«

Ich erklärte ihm, dass das Royal DOCH einmal geschlossen werden musste, nämlich als ich in unserer Wohnung eine Pizza anbrennen ließ und der Rauch sämtliche Feueralarme auslöste. Alle mussten evakuiert werden und warten, bis die Feuerwehr eintraf und die Sache klärte.

Er wollte an dem Tag kein Wort mehr mit mir reden, bis Audrey mich zwang, mich bei ihm zu entschuldigen. Immerhin hatte ich ihm den Tag versaut.

Jungs sind echt komisch.

Jedenfalls ist das Hotel die ganze Nacht geöffnet, und deshalb war Erin, die Nachtrezeptionistin, auch an ihrem Platz, als sich die Lifttüren um zwei Uhr nachts zur Lobby hin öffneten. Gerade begrüßte sie einen Gast, der nach einer langen Reise jetzt erst eintraf. Natürlich erspähte sie mich sofort, als ich über den auf Hochglanz polierten Marmorboden in Richtung Küche schleichen wollte.

»Flick?«, rief sie, nachdem sie einen der Nachtportiers gebeten hatte, dem Gast mit seinem Gepäck zu helfen. Sie trat hinter der Rezeption hervor und kam schnurstracks auf mich zu, einen misstrauischen Ausdruck im Gesicht. »Es ist spät. Was treibst du hier?«

»Ich habe Hunger, deshalb brauche ich dringend einen kleinen nächtlichen Snack«, erklärte ich schulterzuckend. »Oder einen frühmorgendlichen, wie man es nimmt.«

Sie legte den Kopf schief. »Mit Fritz?«

»Ach so, ja.« Ich seufzte.

Ich hatte das bescheuerte Hundeverbot in der Küche vergessen. Das hatte der Chefkoch aufgestellt, obwohl ich ihm hundertmal erklärt hatte, dass Fritz der reinlichste Hund der Welt war, weil ich ihn nämlich – hallo? – mehrere Male pro Woche badete. Außerdem hatte mir dieses echt schicke Spa in Covent Garden eigens eine »Luxushündchen«-Kollektion geschickt, deshalb war er immer tipptopp gepflegt. Man brauchte nur seine vielen Fans auf Instagram zu fragen; das Foto, auf dem er mit wehenden Ohren geföhnt wurde, war eins der beliebtesten.

Aber der Chefkoch weigerte sich, von dieser Regel auch nur einen Millimeter abzuweichen, und meinte bloß großspurig: »Ein Hund ist und bleibt ein Hund, basta.«

Was einfach nicht stimmt.

Erin breitete die Arme aus. »Ich kümmere mich um ihn, bis du zurück bist.«

»Danke«, sagte ich erleichtert und reichte ihn ihr. Sofort begann er ihr übers Kinn zu lecken, sodass sie kicherte. Fritz schaffte es, wirklich jeden um den Finger zu wickeln.

»Flick, alles in Ordnung mit dir?«, fragte Erin mit besorgter Stimme. »Du weißt schon, die Handtaschen-Geschichte mit Nancy Rose und alles …« Sie verstummte.

»Mir geht's gut«, versicherte ich ihr, aber die Sache war mir fürchterlich peinlich.

»Ich hoffe, du weißt, dass die gesamte Belegschaft überzeugt ist, dass sie, ganz gleich, was passiert ist, nicht die Wahrheit sagt.« Sie schenkte mir ein warmherziges Lächeln.

»Danke, Erin«, gab ich zurück und öffnete die Tür, die hinunter in die Küche führte. »Und danke, dass Sie sich um Fritz kümmern. Ich bin gleich wieder da.«

Bevor sie noch etwas erwidern konnte, huschte ich durch die Tür. In der Küche ging ich geradewegs zu der Vorratskammer, in der der Chefkoch alle seine Backzutaten und Kuchendekorationen, darunter auch Schokolinsen in den verschiedensten Größen, aufbewahrte. Ich warf einen Blick hinein und achtete darauf, dass die Tür nicht hinter mir ins Schloss fiel wie beim letzten Mal, als ich mich selbst eingeschlossen hatte, und stibitzte eine Packung Schokolinsen aus dem Regal. Gerade als ich mich darüber hermachen wollte, hörte ich hinter mir eine Stimme.

»Flick.«

Fairerweise muss ich dazusagen, dass ich ein klein wenig überreagierte, als diese Stimme aus der Dunkelheit erklang, aber zu meiner Verteidigung muss ich doch auf die Sache mit Colin Whittle hinweisen.

Im vergangenen Jahr, als ich meine Mum beeindrucken wollte, indem ich die ganzen Details zur Hotelgeschichte in Erfahrung brachte, stieß ich zufällig auch auf die Geschichte von Colin Whittle. Das war einer der Handwerker, die um neunzehnhundert am Bau des Hotels beteiligt waren. Der tickte damals total aus, weil er immer wieder einen Geist sah, der aus den Wänden heraustrat, deshalb wollte er den Bau des Hotels komplett stoppen. Seit ich von Colin Whittle und seinen Geistererscheinungen gelesen hatte, hielt ich wachsam Ausschau nach außergewöhnlichen Vorkommnissen, nur für den Fall der Fälle.

Erst neulich dachte ich, das hoteleigene Gespenst könnte für das Verschwinden meiner Turnschuhe verantwortlich sein, und versuchte deshalb tagelang, Audrey davon zu überzeugen, eine Séance zu organisieren. Aber wie sich herausstellte, hatten sie sich nur unter einem Sweatshirt versteckt, das ich auf dem Boden hatte liegen lassen.

Trotzdem bekam ich die Geschichte um Colin Whittle nicht mehr aus dem Kopf, und deshalb wundert es bestimmt keinen, dass ich vor Schreck fünf Meter in die Luft sprang, als ich jemanden meinen Namen sagen hörte, gerade als ich mich über die Schokolinsen hermachen wollte. Dabei flog mir die ganze Packung aus der Hand, und ich schrie so laut, dass ich Stunden später noch einen kratzigen Hals hatte.

»Schon okay, ich bin's!«, rief Mum, die sich die Ohren zuhielt.

»Was machst du hier?!«, fauchte ich. »Sieh nur, was du getan hast. Überall Schokolinsen. Der Chefkoch wird dich umbringen!«

»Ach, das ist also *meine* Schuld?« Mum sah mich mit hochgezogenen Augenbrauen an, während sie auf die Schokolinsen deutete, die über den Boden verteilt waren.

»Klar! Warum schleichst du dich auch so heimlich, still und leise von hinten an mich heran?«

»Ich wollte mich doch nicht anschleichen. Was hast du überhaupt um diese Zeit in der Küche zu suchen?«

»Ich hatte Lust auf Schokolinsen.«

»Um zwei Uhr nachts?«

»Ich konnte nicht schlafen.« Aus zusammengekniffenen Augen sah ich sie an. »Schnüffelst du mir etwa hinterher?«

»Nein, nein«, wiegelte sie ganz unschuldig ab. »Ich wollte mir auch nur ein paar Schokolinsen holen.«

Mum lehnte sich gegen einen der Arbeitstische und sah zu, wie ich zum Putzschrank ging und Schaufel und Besen herausfischte. Mum trug nie einen Pyjama, für den Fall, dass einer der Hotelangestellten sie mitten in der Nacht brauchte und sie aufstehen und sofort loslaufen musste. Deshalb hatte sie einen blauen Kaschmirpullover und eine Leinenhose an. Das Einzige, das darauf hindeutete, dass sie geschlafen hatte, waren ihre ungekämmten Haare. Sie waren aber trotzdem vergleichsweise ordentlich. Mum sah eigentlich immer aus wie aus dem Ei gepellt, als wäre sie auf dem Weg zu einem wichtigen Meeting.

Ich ging in die Hocke und fing an, die Schokolinsen aufzufegen, nur dass ich nach ungefähr einer Minute einen tiefen Seufzer ausstieß und mich zu ihr umwandte.

»Was denn?«, fragte ich bockig.

»Was meinst du damit ›was denn‹?«

»Du siehst mich so an.«

»Nein, tu ich nicht.«

»Oh doch, das tust du. Du ziehst so ein Gesicht; das ist typisch für dich, wenn du dir wegen irgendwas Sorgen machst. Und ich spüre genau, wie sich dein Blick in meinen Hinterkopf bohrt.«

Sie lächelte. »Es ist also offensichtlich, was?«

»Fairerweise muss ich sagen, dass ich dieses Gesicht besser finde als deinen Blick, wenn du ungeduldig bist, aber den bin ich an dir ja gewöhnt. Deshalb finde ich es eigentlich ganz schön, auch mal ein anderes Gesicht an dir zu sehen.«

»Matthew und Audrey haben mir das mit der Top-50-Liste erzählt.«

»Haben sie dir auch erzählt, dass Nancy Rose morgen im Frühstücksfernsehen zu Gast ist und über das Handtaschen-Gate reden will?«

Sie hatte Mühe, sich ein Lachen zu verkneifen.

»Mum, das ist nicht witzig!«

»Ich weiß, ich weiß«, sagte sie, immer noch kichernd. »Es ist nur dieser Ausdruck, ›Handtaschen-Gate‹. Du musst zugeben, das ist schon ein *bisschen* lustig.«

»Na ja, es ist jedenfalls nicht witzig, dass sie eine Exklusivstory über mich bringen will, von wegen, ich hätte jemanden aus einem Königshaus angegriffen.«

Mums Miene wurde wieder ernst. »Nein, ist es nicht.«

»Sie will bestimmt erzählen, wie ich mich letztes Jahr in Prinz Gustav Xaviers Schrank versteckt habe, um mir meinen Selfiestick zurückzuholen, oder? Was soll es sonst sein?« Ich schüttelte den Kopf. »Woher weiß sie überhaupt davon?«

»Keine Ahnung«, antwortete Mum mit einem Schulterzucken. »Die Leute reden viel. Irgendwie muss sie davon Wind gekriegt haben. Wenigstens kannst du dir sicher sein, dass Prinz Gustav dein Freund ist. Er wird dafür sorgen, dass alle die Wahrheit erfahren.«

»Das spielt ja wohl keine Rolle mehr.«

Fragend sah sie mich an. »Wie meinst du das?«

»Mum, die Wahrheit ist doch: Ich hab mich tatsächlich in seinem Schrank versteckt und ihm einen solchen Schrecken eingejagt, dass er fast einen Herzinfarkt bekommen hätte, als seine Bodyguards mich da drin fanden.«

»Ja, aber –«

»Was soll es also bringen, dass Prinz Gustav und ich befreundet sind? Nancy Rose verdreht die Story bestimmt so, dass sie ihre Version vom Handtaschen-Gate stützt. Keiner wird mir auch nur ein Wort glauben.«

Ich verfrachtete die aufgekehrten Schokolinsen in den Mülleimer, räumte Schaufel und Besen wieder weg und lehnte mich neben Mum gegen den Küchentresen.

»Ich habe ehrlich gesagt den Verdacht, dass die Person, die ihr von dem Vorfall mit Prinz Gustav erzählt hat, dieselbe ist wie die, die allen versprochen hat, sie sollten bald mein ›wahres Gesicht‹ kennenlernen«, erklärte ich absolut überzeugt. »Was heißt das konkret? Wenn es ein ›wahres‹ Gesicht gibt, gibt es dann auch ein ›falsches‹?«

»Das ist doch alles blanker Unsinn. Lass dich doch davon nicht ins Bockshorn jagen«, sagte Mum und legte mir den Arm um die Schultern. »Du musst dir ein dickeres Fell zulegen.«

»Aber wie soll ich so etwas ignorieren, wenn *alle* darüber reden? Ich will nicht, dass die Leute mich für einen schlechten Menschen halten und denken, ich hätte es nicht verdient, auf der Liste mit den Top 50 der Erbinnen zu erscheinen.«

Einen kurzen Moment wirkte Mum nachdenklich. »Habe ich dir schon mal erzählt, dass ich früher auch auf dieser Liste war?«

»Ach, echt?«

»Oh ja. Du stehst hier vor der früheren Nummer siebenundzwanzig.«

»Wow!« Ich war sprachlos. »Ist das dein Ernst? Das ist ja noch viel besser als Platz neunundvierzig!«

»Ich war aber auch schon etwas älter als du jetzt. Allerdings wurde ich im Jahr darauf komplett von der Liste verbannt und habe es auch nicht wieder geschafft, darauf zu erscheinen. Und weißt du, warum?«

Ich schüttelte den Kopf.

»Ich hatte das ganze Jahr lang Einladungen zu irgendwelchen angesagten Veranstaltungen abgelehnt, weil ich vollauf damit beschäftigt war, von deinem Großvater alles über die Leitung dieses Hotels zu lernen.« Sie lächelte und sah sich um. »Und ich würde sagen, ich mache meinen Job nicht allzu schlecht, oder?«

»Du bist die Beste! Dann«, fuhr ich nachdenklich fort, »willst du damit also sagen, dass die Verantwortlichen für die Liste sich in dir getäuscht haben?«

»Und ob sie sich getäuscht haben, denn diese Liste ist einfach völlig überflüssig, wie so viele andere auch!« Sie grinste. »Aber ganz was anderes: Ich glaube nicht, dass es dem Chefkoch auffallen würde, wenn wir noch eine Packung Schokolinsen öffnen, was meinst du? Wir können es doch immer noch auf Matthew schieben.«

Während Mum sich eine neue Packung Schokolinsen aus dem Regal angelte, dachte ich über das nach, was sie gerade gesagt hatte. Genau wie Mum musste ich allen beweisen, dass sie ein völlig falsches Bild von mir hatten. Ich musste ihnen mein wahres Gesicht zeigen.

Die Frage war nur, wie?

KAPITEL 6

Hast du das gehört?!

Was gehört? DAS MIT DEM PUMA???

HÄ? Wovon redest du? Was für ein Puma?

Der entwischte Puma.

Ein PUMA IST ENTWISCHT?

Ja! Er ist seinem Besitzer entkommen und wurde zuletzt im Stadtgebiet von London gesehen. Ist das nicht aufregend?

NEIN, EIN ENTLAUFENER PUMA IST NICHT AUFREGEND, GRACE!

Keine Sorge, Flick. Die gehen nur selten auf Menschen los. Nur wenn sie dich für ein Beutetier halten.

Danke, jetzt fühle ich mich gleich VIEL sicherer!

Das war es also nicht?

Was war es nicht?

Was ich gehört haben soll! Du hast den entwischten Puma also nicht miauen hören?

Nein, ich habe den entwischten Puma nicht MIAUEN hören.

Was hast du dann gehört?

Ich meinte eigentlich Ellas Kommentar!

Oh. Welchen Kommentar denn?

Na, als sie sich gerade eben gemeldet hat!

Ach so. Das. Stimmt. Ja, das habe ich gehört. Sollen wir heute Abend mal nach dem Puma suchen? Der muss ja total Angst haben in der Stadt! Wahrscheinlich hat er megagroßen Hunger. Kaufen wir ihm doch ein bisschen Thunfisch. Katzen mögen doch Fisch, oder? Pumas bestimmt auch!

HÖR ENDLICH MIT DIESEM PUMA AUF! Ellas Kommentar war echt fies! Ich fasse es nicht, dass dir das nicht aufgefallen ist!

Ihr Kommentar zu Stolz und Vorurteil??

JA!!

Sorry, da komme ich nicht mit.

Sie hat gerade gesagt, dass alle im Buch Mr Wickham nett finden, aber dass jeder irgendwann sein wahres Gesicht zeigt!!

Okaaaaay?

DAS WAR DOCH EINDEUTIG
EIN SEITENHIEB AUF MICH!

Was?? Bist du sicher??

Klar!! Ich bin quasi Mr Wickham!!

Hä?

Genau wie Mr Wickham sein wahres Gesicht zeigt, als er mit Lydia durchbrennt, habe ICH mein wahres Gesicht beim Handtaschen-Gate gezeigt!!

Welches wahre Gesicht denn?

Na, das MEINE ich ja. Ella will, dass alle mich als HANDTASCHEN-HOOLIGAN sehen!

Weißt du, der Spitzname Handtaschen-Hooligan gefällt mir. Ist doch total eingängig!

Grace, konzentrier dich bitte!

Ich weiß nicht, Flick, ich glaube, sie wollte wirklich nur was zum Buch sagen. Um das Handtaschen-Gate ging es ihr nicht.

Hast du heute Frühstücksfernsehen gesehen?

Ja, Olly und ich sind uns einig, es hätte schlimmer kommen können.

Wie tröstlich.

Ich finde, wie Nancy Rose die Geschichte mit dir und Prinz Gustav erzählt hat, war URKOMISCH! Allein wie du seinen Assistenten mit einer Wasserpistole als Geisel genommen hast, damit Prinz Gustav dir den Selfiestick zurückgibt! Viel unterhaltsamer, als es in echt war.

Weißt du, was ich heute in der Schule jemanden im Vorbeigehen habe sagen hören?

Was denn?

Manche Leute sind solche Egoisten. Das hat der gesagt.

Und woher willst du wissen, dass du damit gemeint warst?

Es ging eindeutig um das Handtaschen-Gate! Was mache ich nur, damit das alles aufhört?!

Das liegt doch einzig und allein daran, dass alle nur Nancys Seite der Geschichte kennen. Du weißt schon, weil ihr Blog total beliebt ist und so. Aber bloß weil jemand beliebt ist, heißt das nicht, dass er auch die Wahrheit sagt!

Grace. Das ist es! Du bist ein GENIE!

Ach was, ich glaub, ich hab das auf einem Stück Klopapier gelesen. Auf jedem Blatt steht ein anderer Spruch. Deswegen kann ich die Lorbeeren leider nicht akzeptieren.

Nicht deswegen. Wegen des beliebten Blogs!

Oh, oh.

Nein, keine Sorge, ich überleg mir schon den perfekten Plan.

Darum geht's nicht. Ich glaube, Mr Hampton hat mitgekriegt, dass wir uns heimlich unter dem Tisch schreiben. Er hat mich gerade angesehen und die Augenbraue hochgezogen.

Keine Panik. Der hat keine Ahnung. Lehrer sind doch so was von BESCHRÄNKT. Hahahahaha!

NACHSITZLISTE
MITTWOCH, 24. JANUAR

NAME	LEHRER/FACH	GRUND FÜR DAS NACHSITZEN
Tom Ferris	Mr Grindle/ Freistunde in der Bibliothek	Hat Mr Grindle mit dem Körper eines Vogel Straußes gezeichnet
Liam Bailey	Mr Grindle/ Freistunde in der Bibliothek	Hat Mr Grindle mit dem Körper eines Flamingos gezeichnet
Grace Dillon	Mr Hampton/ Englisch	Hat während des Unterrichts Textnachrichten verschickt
Flick Royal	Mr Hampton/ Englisch	Hat während des Unterrichts Textnachrichten verschickt und Mr Hampton, als er das Telefon konfisziert hat, vorgeworfen, beim Handtaschen-Gate nicht unparteiisch zu sein

KAPITEL 7

Ich beschloss, Ethan Duke anzurufen.

Grace hatte mich auf die Idee gebracht, als sie das von Nancys Videoblog sagte, von wegen, er sei nun mal sehr beliebt. Wenn ich auch so eine Plattform hätte, könnte ich allen beweisen, dass ich ein netter Mensch und kein Handtaschen-Hooligan war! Der Plan war einfach perfekt!

Das einzige Problem bestand darin, dass mein Kanal nicht ganz so viele Follower hatte wie der von Nancy Rose. Ein Foto von meinem Dackel im Cowboy-Outfit bekam weit mehr Aufrufe als alle meine Videoblogbeiträge zusammen. ABER ich konnte allen mein »wahres Gesicht« oder was auch immer zeigen, und zwar mithilfe von jemandem, dessen Videoblog genauso beliebt war wie der von Nancy Rose.

Jemandem wie Ethan Duke eben, einem der größten lebenden YouTube-Stars. Alle hörten auf ihn.

Ich hatte Ethan seit dem Weihnachtsball im Hotel Royal nicht mehr gesehen. Zudem war er als meine Begleitung mitgekommen, nur dass sich schnell herausgestellt hatte, dass er in mir nicht viel mehr sah als nur eine Freundin und dass er in Wirklichkeit Hals über Kopf in seinen Freund, das Model Jacob, verliebt war. Und der war rein zufällig auch Gast auf dem Ball, nur dass er mit jemand anderem hingegangen war.

Ich hatte das Ganze relativ schnell verdaut, auch wenn Ethan Duke echt perfekt ist, mit seinen vollen Lippen, den kräftigen Augenbrauen und diesem Kinn, von dem Mom peinlicherweise sagt, es wäre »majestätisch«. Jedenfalls waren wir immer noch befreundet, und er hatte schon des Öfteren gesagt, ich solle mal als Gast auf seinem YouTube-Kanal auftreten. Ich hatte es nur noch nicht geschafft. Einen besseren Zeitpunkt, diesen Gefallen von Ethan Duke einzufordern, konnte es gar nicht geben. Jetzt oder nie.

Ich durfte keine Zeit verlieren.

Also fragte ich Mr Grindle, der die Aufsicht im Nachsitzraum hatte, ob ich kurz rausgehen und einen IRRE wichtigen Anruf erledigen könnte. Er sah mich nur über den Rand seines Buches hinweg an und meinte mit sarkastischer Stimme: »Klar, ich bin mir sicher, es geht um Leben oder Tod.«

Deshalb erklärte ich ihm, dass es TATSÄCHLICH um Leben oder Tod ging, denn falls es ihm noch nicht aufgefallen sei, hatte ich mich vor der gesamten Nation blamiert, dank Nancy Rose und dem Handtaschen-Gate, und wenn ich diesen Telefonanruf jetzt nicht tätigte, wäre mein Leben so was von gelaufen.

Aber er grummelte nur etwas vor sich hin und wollte nicht nachgeben, und dann zwang er mich tatsächlich, bis nach der Stunde zu warten. Mr Grindle war noch nie ein großer Fan von mir, was zum größten Teil daran lag, dass ich seinen komischen Straußengang perfekt imitieren konnte. Ach ja, und vielleicht auch an diesem einen Mal, als ich ihm empfohlen hatte, sich die Nasenhaare zu schneiden, wenn er in seinem Alter noch in der Datingszene mitmischen wollte.

Kaum war ich zum Schultor raus und saß in Peters Wagen – den ich streng genommen gar nicht brauchte, weil ich ohnehin eine Stunde länger in der Schule hatte bleiben müssen und die Reporter deshalb angenommen hatten, ich wäre ihnen entwischt –, wählte ich Ethans Nummer.

»Flick!«, begrüßte er mich vergnügt. »Lange nichts von dir gehört! Wie geht es dir?«

Ich war erleichtert, dass er sich über meinen Anruf so zu freuen schien. Wir waren zwar befreundet, aber er war superberühmt und deshalb viel beschäftigt, darum war ich mir nicht sicher gewesen, ob er rangehen würde.

»Ethan, entschuldige den Überfall, aber du musst mir einen Gefallen tun, es ist dringend.«

»Was kann ich für dich tun?«

»Ich brauche deine Hilfe, weil ich mein Image ändern muss.«

»Meinst du so was wie eine Rundumerneuerung?« Er klang verwirrt.

»Nein, nein. Ich meine nicht äußerlich. Es geht um das Bild, das die Leute von mir haben, daran muss ich arbeiten.«

»Ist es wegen dieses Handtaschen-Gates?«

»Genau. Ich muss allen zeigen, wer ich wirklich bin. Dank Nancy Rose und den Bildern, auf denen ich vom Sicherheitspersonal abgeführt werde, habe ich momentan nicht mehr besonders viele Fans.«

»Okay, du willst vermutlich, dass ich dich für meinen Videoblog interviewe oder so? Damit du deine Version der Geschichte erzählen kannst?«

»Nein.« Ich holte tief Luft. »Ich hatte an etwas noch viel Abgefahreneres gedacht. Hast du heute Abend vielleicht Zeit?«

»Das trifft sich gut, rein zufällig habe ich heute Abend nämlich tatsächlich noch nichts vor. Ich kann in einer halben Stunde bei dir im Hotel sein. Ist das okay?«

Sobald ich von der Schule nach Hause kam, ging ich meinen kompletten Kleiderschrank durch und wählte Klamotten aus, die mich möglichst intellektuell aussehen ließen – eine schwarze Skinny Jeans, einen schwarzen Rollkragenpullover, einen langen beigen Trenchcoat und Riemchenschuhe mit hohen Absätzen. Um den Look noch zu perfektionieren, legte ich knallroten Lippenstift auf.

»Was denkst du, wenn du mich so siehst, Fritz?«, fragte ich meinen Hund und betrachtete mich prüfend im Spiegel. Er kaute gerade auf einem von Mums Schuhen herum. »›Sieh dir diesen Handtaschen-Hooligan an‹? Oder: ›Die sieht aber nett aus, sie sollte auf der Liste mit den Top 50 der Erbinnen stehen‹?«

Fritz ließ ein lautes Bellen vernehmen, ehe er sich wieder ganz dem Schuh widmete.

»Das ist genau die Antwort, die ich hören wollte«, sagte ich lachend und holte seine Leine. »Wir müssen allen beweisen, dass du auch ein guter Junge bist und niemals jemanden beißen würdest. Darum kommst du jetzt mit.«

Ethan wartete bereits an der Rezeption auf uns, als wir unten aus dem Fahrstuhl traten. Als er mich die Lobby durchqueren sah, trat ein breites Grinsen auf seine Züge. Ich musterte sein perfektes Kinn und musste an unsere erste Begegnung denken. Damals hatte ich nichts anderes herausgebracht als »Kinn«. Total bescheuert.

»Wow«, sagte er, während er auf mich zukam und mich umarmte. »Du siehst toll aus.«

»Danke, Kinn … äh, ich meine, Ethan!«

Also echt. WAS IST NUR MIT MIR LOS?

»Aber mal ehrlich«, beeilte ich mich zu sagen, in der Hoffnung, er möge von meinem Patzer nichts mitbekommen haben, »findest du das Outfit nicht übertrieben?«

»Überhaupt nicht. Sieht super aus.«

Er beugte sich zu Fritz hinunter, um ihn zu begrüßen. Ich hatte ihm extra den Strickpullover angezogen, den Ethan ihm zu Weihnachten geschenkt hatte. Auf dem Rücken stand groß »SUPERMODEL«.

»Also, dann sag mal: Was für einen Plan hast du ausgeheckt?«, wollte Ethan wissen und lachte, als Fritz ihm übers Kinn leckte. Offenbar war ich nicht die Einzige, die das toll fand.

»Ich möchte, dass du einen Livestream schaltest, wie wir einfach nur zusammen abhängen«, erklärte ich aufgeregt. »So wie du es manchmal mit deinen Gästen auf deinem Blog tust.«

»Okay, klingt gut«, sagte er, ehe er auf meinen Rucksack deutete. »Und was hast du da drin?«

»Das verrate ich dir nicht, ist nämlich eine Überraschung.«

Seine Augenbrauen wanderten nach oben. »Okay. Und du bist dir ganz sicher bei der Sache?«

»Absolut. Warum?«

»Weil man mit so einer Aktion oft noch mehr Öl ins Feuer gießt, das ist alles«, sagte er vorsichtig. »Nancy Rose nimmt das bestimmt nicht einfach so hin. Ich will nur sicher sein, dass du das wirklich durchziehen willst, was auch immer du vorhast.«

»Es ist doch keine Aktion, die auf Nancy Rose abzielt, Ethan«, erklärte ich selbstsicher. »Ich trete nur in deinem Videoblog auf, und wenn in diesem Blog rein zufällig mein WAHRES Ich sichtbar wird und dem Bild, das die Leute wegen des Handtaschen-Gates von mir haben, auf ganzer Linie widerspricht, dann ist das nichts weiter als ein glücklicher Zufall.«

Er grinste. »Na schön, du bist der Boss. Also, wie willst du es angehen?«

»Zuerst gibst du auf Twitter bekannt, dass du in deinem Feed einen Livestream mit mir als Gast schalten wirst. Sieh zu, dass du mich taggst, und es schadet sicher nicht, außerdem ein paar Pressevertreter zu taggen, du weißt schon, die von der Morning-Sunshine-Show zum Beispiel.«

Er hatte bereits sein Handy aus der Tasche gezogen und begonnen, darauf herumzutippen. Dann zeigte er mir den Tweet, den er vorbereitet hatte.

@EthanDuke
ACHTUNG, NEUER VIDEOBLOG: JETZT im Livestream mit meiner lieben Freundin @FlickRoyal. Das wird ein Spaß, also bitte nicht verpassen!

»Sag mir, wenn ich auf Absenden gehen kann.«

»Ich finde, wir sollten im Hotel anfangen, ist doch hübsch hier. Danach gehen wir rüber in den Park«, gab ich Anweisungen.

»Okay«, bestätigte er und machte sein Telefon bereit für den Livestream. »Wir unterhalten uns einfach ganz normal. Ich darf dir Fragen stellen, zum Beispiel zu deiner Kindheit hier im Hotel. Wir geben einen Einblick in Flick Royals Leben, ganz einfach. Ist es das, was du dir ungefähr vorstellst?«

»Perfekt. Meinetwegen können wir loslegen.«

Ich zog Fritz' Pullover ordentlich zurecht und überprüfte dann noch schnell meine Frisur.

»Sei einfach so natürlich wie möglich«, forderte Ethan mich auf. »Betrachte es als ein ganz normales Gespräch mit mir und tu am besten so, als wäre die Kamera gar nicht da. Willst du vorher noch einen Probelauf machen? Ich stell dir einfach ein paar Fragen, damit du dich an die Kamera gewöhnen kannst!«

»Nein, schon gut«, antwortete ich ganz selbstbewusst. »Es wird bald dunkel, legen wir lieber gleich los.«

»Na schön, also dann.« Er lächelte. »Ich schicke den Tweet jetzt ab.«

Ich reckte ihm den erhobenen Daumen entgegen. *Wird schon schiefgehen.*

»So, er ist raus! Und wir sind ... *live!*«

KAPITEL 8

Ethan grinste, hielt sein Handy hoch und richtete es auf sein Gesicht, um seinen Fans zuzuwinken.

»Hallo zusammen und willkommen im Livestream meines Videoblogs. Heute habe ich einen ganz besonderen Gast bei mir« – er richtete die Kamera auf mich –, »man höre und staune, es ist Flick Royal.«

Lachend winkte ich in die Kamera. »Hey, Ethan.«

Cool bleiben. Cool bleiben. Ganz cool bleiben.

»Wir befinden uns hier im wunderschönen Hotel Royal« – wieder bewegte er die Kamera herum und richtete sie auf die Lobby, misstrauisch beäugt von Matthew, der hinter dem Rezeptionstresen stand –, »und hier lebst du, richtig?«

Cool bleiben. Cool bleiben. Ganz cool bleiben.

»Ja, das ist richtig.« Ich grinste. »Gerade wollte ich mit meinem süßen kleinen Hund Fritz spazieren gehen. Willst du uns begleiten?«

»Gern.«

Während ich vorausging, wuselte Fritz dummerweise so um meine Füße herum, dass ich mich in seiner Leine verhedderte und stolperte. Haltlos taumelte ich auf die Tür zu.

NICHT COOL. NICHT COOL. GAR NICHT COOL.

»Upsi!«, sagte ich mit einem nervösen Lachen. »Was bin ich für ein Tollpatsch, aber das passiert ja jedem mal, nicht wahr? Hahaha!«

»Vorsicht!«, warnte Ethan mich lächelnd und folgte mir zur Tür hinaus. »Also, Flick, dann erzähl uns mal von dir, etwas, das die Leute noch nicht wissen.«

»Hmmm, gar nicht so einfach«, gab ich zurück und tat so, als hätte ich diese Frage ganz und gar nicht erwartet. »Möglicherweise ist den Leuten noch nicht bekannt, dass ich einen Großteil meiner Freizeit damit verbringe, im Hotel auszuhelfen!«

»Das ist ja cool«, sagte Ethan nickend, während ich ihn hinunter zur Straße und in Richtung Fußgängerüberweg lotste. Dabei achtete ich nicht auf die Leute, die stehen blieben, um uns mit ihren Blicken zu folgen. »Du hast also hinter den Kulissen schon immer mitgearbeitet? Bestimmt bist du den Hotelangestellten eine große Hilfe!«

Ich musste daran denken, wie Cal und ich die ganzen Kochlöffel versteckt hatten.

Und wie ich einmal sämtliche Zuckerstreuer mit Salz gefüllt hatte.

Oder wie ich einen Pfau im Ballsaal freiließ.

»Nun, äh, das könnte ich nicht behaupten«, antwortete ich und schluckte den Kloß hinunter, der sich in meiner Kehle gebildet hatte. Dann fügte ich eilig hinzu: »Aber ich habe das meiste erst im letzten Jahr gelernt, als ich überall im Hotel ausgeholfen habe, weil ich Hausarrest hatte …«

MIST, VERDAMMTER. WARUM HAB ICH DAS MIT DEM HAUSARREST ERWÄHNT? Der Grund für diesen Hausarrest war nämlich gewesen, dass ich in Prinz Gustavs Zimmer eingebrochen war, und genau DAS sollten die Leute ja vergessen!

Okay, schön cool bleiben, lenk das Gespräch einfach nur in eine andere Richtung.

»Ah! Da wären wir ja! Die Fußgängerampel!«

Ethan warf mir einen verwunderten Blick zu.

SCHNELL! DU MUSST DIE SITUATION RETTEN!

Eine ältere Dame mit grauen Haaren trat gerade vor mir auf die Straße, als das grüne Männchen an der Ampel aufleuchtete, deshalb nutzte ich die Gelegenheit, die sich mir hier perfekterweise bot, und erwies mich als guter Mensch.

»Entschuldigen Sie bitte«, sagte ich freundlich und eilte hinter ihr her, um ihr meinen Arm anzubieten. »Darf ich Ihnen über die Straße helfen?«

Sie sah mich an, erst ein wenig verwundert, doch dann verdüsterte sich ihre Miene, und sie wurde wütend.

»Wie KANNST du es wagen?«, rief sie und scheuchte mich weg. »Ich bin doch erst achtundfünfzig!«

»Tut mir leid!«, jammerte ich und lief knallrot an, während sie vor mir über die Straße eilte und leise vor sich hinschimpfte, von wegen »freche Teenager«. »Ich wollte doch nicht … ich …«

Hilflos drehte ich mich zur Kamera um, während Ethan wie angewurzelt dastand und offensichtlich keinen Plan hatte, was wir jetzt tun sollten. Die anderen Leute, die mit uns die Straße überquert und das Ganze mitbekommen hatten, kicherten vor sich hin oder warfen mir im Vorbeigehen kopfschüttelnd böse Blicke zu.

»Ach herrje! Tja, ich finde, es ist immer besser, das Risiko einzugehen, dass man jemanden beleidigt, als dass man sich davor scheut, seine Hilfe anzubieten! Findest du nicht auch?«, krächzte ich bei dem Versuch, mir nichts anmerken zu lassen.

Ethan nickte zustimmend und sagte: »Ganz genau! Ich bin vollkommen deiner Meinung. Also … Du sagtest eben, dass du viel im Hotel hilfst, das macht sicher Spaß. Aber du triffst bestimmt auch den einen oder anderen coolen Gast.«

»Klar, davon gibt es bei uns viele.« Ich nickte und zerrte gleichzeitig Fritz von einer herumliegenden Keksverpackung weg, die er am liebsten aufgefressen hätte. »Wie zum Beispiel dich!«

»Ach, du Schmeichlerin«, sagte er lachend und filmte mit fester Hand unseren Weg in den Park. »Wie ist es, zu wissen, dass man eines Tages das Hotel Royal erben wird? Ist es nicht schrecklich beängstigend, wenn man an die ganze Verantwortung denkt, die auf einen zukommt?«

Ich zögerte kurz, während ich mich zu Fritz runterbeugte und ihn von der Leine ließ. Diese Frage hatte ich nun wirklich nicht erwartet.

»Äh, ja, schätze schon.«

Ethan bedeutete mir stumm, ich solle weiterreden, und sah mich mit großen Augen an. Offenbar interessierte es ihn wirklich.

»Andere junge Menschen überlegen jahrelang, was sie mal werden sollen, wohingegen ich es längst weiß. Außerdem ist das Hotel Royal ziemlich bekannt, und meine Mum macht ihren Job als Geschäftsführerin richtig gut, weißt du, da will ich es natürlich nicht verpfuschen. Schätze, ein bisschen unter Druck fühle ich mich schon, von wegen, ob ich es auch verdient habe und solche Dinge.«

Ich zögerte, als mir klar wurde, dass mein Gelaber EXTREM öde war.

SCHNELL. Du musst für Auflockerung sorgen, sonst schlafen die Zuschauer noch ein!

»Aber egal, genug von diesem gähnend langweiligen Zeug.« Ich lachte, nahm den Rucksack von der Schulter und stellte ihn auf dem Boden ab, um den Reißverschluss zu öffnen. »Eine andere Sache, über die die Leute vielleicht noch nichts wissen, ist meine große Liebe zu Tieren. Es ist nicht zu übersehen, dass Fritz die große Liebe meines Lebens ist, er ist so lieb und artig und wohlerzogen ...« Ethan folgte meinem

Blick mit der Kamera und richtete sie auf Fritz, der ausgerechnet in diesem Moment sein Geschäft erledigte und ein Häufchen unter einen Baum setzte. »Oh, äh, haha, schlechtes Timing! Ich geh dann mal und heb das auf, denn das tut man als verantwortungsbewusster Hundehalter.« Ich zögerte wieder. »Obwohl, ich tu das besser nicht vor laufender Kamera, ich bin mir nämlich ziemlich sicher, dass ihr das nicht sehen wollt! Schon eklig, oder? Haha!«

OH MEIN GOTT, WAS QUASSELST DU DA FÜR BLÖDSINN, DU IRRE!

»Aber ich liebe nicht nur Fritz und Hunde generell«, fuhr ich eilig fort, um die Situation zu retten. »Ich liebe auch Vögel! Und während der Wintermonate, wie jetzt im Januar, ist es wichtig, dafür zu sorgen, dass sie alle Futter finden!«

Im Geiste malte ich mir bereits eine äußerst pittoreske Szene aus.

Ich hatte Peter gebeten, auf dem Heimweg von der Schule in der Tierhandlung vorbeizufahren, damit ich mich auf exakt diesen Moment vorbereiten und Vogelfutter kaufen konnte. Die Idee war mir im Wagen gekommen; ich fand es einfach genial, den Leuten zu beweisen, dass mein »wahres Ich« sich nicht nur mit anderen wegen irgendwelcher Designerhandtaschen zoffte, sondern seine wertvolle Zeit dafür opferte, sich um bedürftige Tiere zu kümmern. Ich war ja auch wirklich sehr tierlieb, und dass ich in den Park ging und Vögel fütterte, während Fritz fröhlich durchs Gras hopste, war doch der beste Beweis dafür, oder?

Es wäre ungefähr wie im Film *Mary Poppins,* wo die nette ältere Dame die Vögel füttert und diese nette, fröhliche Melodie singt. Genau dieses Bild wollte ich erzeugen: gelassen, elegant, bewundernswert.

Aber was ich fabrizierte, war etwas ganz anderes.

Tatsächlich kann ich wohl guten Gewissens behaupten, dass ich genau das Gegenteil bewirkte.

Ich nahm mir eine Handvoll Vogelfutter und warf es freudig hoch in die Luft, dann grinste ich breit, während es um mich herum zu Boden rieselte und sich im Gras verteilte. Dann wartete ich ab, dass die lieben Vöglein angeflattert kamen und das Futter, das ich so selbstlos für sie besorgt hatte, aufpickten.

Tatsächlich aber passierte etwas anderes.

Plötzlich kamen wie aus dem NICHTS von überallher Tauben angeflogen, wirklich HUNDERTE davon. Sie stürzten sich als lärmender, kreischender Schwarm auf uns herab. Ich schrie und zog den Kopf ein, während sie von allen Seiten her auf mich einstürmten und wild mit den Flügeln schlugen. Ich hopste hilflos von einem Bein auf das andere und fuchtelte panisch mit den Armen, damit sie uns in Ruhe ließen, während Ethan aufjaulte, nach hinten taumelte und dabei über seine Füße stolperte, sodass er im Gras landete. Trotzdem filmte er die ganze Zeit weiter.

Um allem noch die Krone aufzusetzen, kam als Nächstes ein Parkwächter auf uns zugestürmt und schrie: »NICHT DIE VÖGEL FÜTTERN! AUF KEINEN FALL DIE VÖGEL FÜTTERN! WAS FÄLLT DIR DENN EIN?«, und dabei deutete er mit Nachdruck auf die vielen Schilder, die überall im Park herumstanden, nur dass sie mir noch nie aufgefallen waren. Auf denen war in Großbuchstaben zu lesen: VÖGEL BITTE NICHT FÜTTERN.

Als Fritz die Aufregung mitkriegte, kam er sofort freudig angesprungen, weil er sich den Spaß auf keinen Fall entgehen lassen wollte. Bellend jagte er hinter den Tauben her.

»Nein, Fritz!«, schrie ich entsetzt, während er im Kreis rannte und zum Spaß nach den Vögeln schnappte, die panisch vor ihm flohen. »Böser Fritz! *Böser* Fritz!«

Während ich nun meinerseits die Verfolgung aufnahm und Fritz hinterherlief, um ihn zu fangen – immer noch wild mit den Armen fuchtelnd, um die Tauben zu verscheuchen, die hinter dem um mich herum verteilten Futter her waren –, entdeckte ich Ethan, der nach wie vor auf dem Boden lag und jetzt die Kamera auf sein Gesicht richtete.

»Tut mir leid, Leute, aber das war's vorerst!«, sagte er keuchend und winkte in die Kamera. »Flick und ich wünschen euch Gute Nacht!«

Und dann stellte er die Handykamera aus, legte sich mit dem Kopf zurück ins Gras und schloss die Augen.

»Tja, wenn wir damit keine Aufmerksamkeit erregen, Flick«, hörte ich Ethan sagen, als Fritz gerade an ihm vorbeischoss, dicht gefolgt von meiner Wenigkeit und dem Parkwächter, »dann weiß ich auch nicht.«

KAPITEL 9

Jugendliche Erbin in bizarre Vogelattacke involviert!

Von Nancy Rose – Daily Post

Sie sorgte bereits mit dem inzwischen berühmt-berüchtigten HANDTASCHEN-GATE für Aufsehen, doch jetzt schockiert Felicity Royal erneut mit einer grotesken Vogelfütteraktion!

Gestern Abend, als die junge Erbin des Hotel Royal zu Gast auf dem Livestream-Videoblog von YouTuber Ethan Duke war, kam sie auf die absonderliche Idee, in ALLER ÖFFENTLICHKEIT GEGEN DAS GESETZ ZU VERSTOSSEN, indem sie in einem Londoner Park Vögel fütterte. Darüber hinaus ließ sie keinen Zweifel daran, dass es sich um eine bewusste Provokation handelte, weil sie sich dazu ausgerechnet vor eins der Verbotsschilder mit der Aufschrift VÖGEL BITTE NICHT FÜTTERN stellte.

Allerdings ging ihr RÜCKSICHTSLOSES VERHALTEN gehörig nach hinten los, als sie kurz darauf von einem Schwarm Tauben überwältigt wurde, der sich auf sie stürzte. Dann tauchte auch noch ihr WILD GEWORDENER Dackel FRITZ auf und versuchte, sich die ARMEN VÖGEL GNA-

DENLOS AUS DER LUFT ZU SCHNAPPEN UND SIE AUFZUFRESSEN.

Im selben Blogbeitrag – der sich mittlerweile um den gesamten Erdball ausgebreitet und zudem diverse Spin-offs und Memes in den sozialen Medien inspiriert hat – hatte die Hotelerbin bereits eine nichts ahnende Passantin beleidigt. Offenbar konnte sie sich einen Kommentar zu ihrem Alter nicht verkneifen.

Diese Information mag diejenigen, die mit dem zuvor erwähnten HANDTASCHEN-GATE vertraut sind, nicht überraschen. Es geht um die schamlose Attacke der Erbin auf eine Reporterin, nämlich mich, Nancy Rose. Rücksichtslos rang sie mich zu Boden, um mir eine Designerhandtasche zu ENTWENDEN, ehe sich auch noch ihr wild gewordener Dackel AUF MICH STÜRZTE.

Auch wenn Miss Royal sich noch nicht zu diesem jüngsten Vorfall geäußert hat, wurde mir von einer Informantin aus dem engeren Umfeld der jungen Erbin EXKLUSIV berichtet, dies sei nicht das erste Mal gewesen, dass Miss Royal die VOGELWELT BEDROHT habe: So soll sie einmal einen Pfau in einem Ballsaal des Hotels freigelassen haben!

Meinen vollständigen Kommentar zu diesem Vorfall findet ihr auf meinem heutigen YouTube-Blogbeitrag unter NancyRose. Und vergesst nicht, meinen Kanal zu abonnieren, damit ihr immer auf dem Laufenden seid, was den heißesten Promi-Klatsch und die alltäglichen Dramen aus der Welt der Stars und Sternchen betrifft!

»Okaaay«, setzte Cal an, während er sein Tablett abstellte und mir gegenüber Platz nahm. »Was hast du gestern Abend so getrieben, Flick? Hast du brav daheim gesessen?«

Ich nahm eine Fritte von meinem Teller und warf damit nach ihm.

»Tut mir leid, aber der Witz musste sein.« Er kicherte und wich der Fritte aus, die nur knapp an seinem Ohr vorbeischoss.

»Das ist NICHT WITZIG!«, fauchte ich wütend. Mir war klar, dass meine Wangen bestimmt genauso rot waren wie meine Haare. »Wenn mich nur nicht alle anstarren würden!«

Nervös sah ich mich in der Cafeteria um und registrierte die vielen Augenpaare, die mich neugierig musterten.

»Haben die denn nichts anderes zu tun? Müssen die unbedingt über mich reden?«, knurrte ich.

»Möchte man meinen«, sagte Olly gut hörbar und funkelte einige hysterisch kichernde Schülerinnen am Nebentisch böse an. »Und man möchte auch meinen, dass sie eigentlich wissen, wie UNHÖFLICH es ist, andere Leute anzustarren.«

Rasch wandten die Schülerinnen die Köpfe ab und guckten auf ihr Essen.

»Darf ich was sagen?«, fragte Cal und beugte sich zu mir.

»Nein.«

»Es ist was Nettes«, meinte er und schenkte mir ein Lächeln. »Versprochen.«

»Na schön«, gab ich zurück und rollte mit den Augen. Auch wenn mir im Moment überhaupt nicht danach war, musste ich sein Lächeln erwidern.

Es lag an seinen bescheuerten Grübchen, ganz bestimmt.

»Schon klar, dass das mit dem Livestream nicht ganz nach Plan lief, aber ich finde, so schlecht war es gar nicht.«

»Cal, dein Optimismus in allen Ehren, aber es war die totale Katastrophe! Ich bin die Lachnummer der Nation! Jetzt stehe ich da wie der schlechteste Mensch der Welt!« Schmerzlich verzog ich das Gesicht. »Der Tierschutzbund hat heute Morgen im Hotel angerufen und uns mitgeteilt, man wolle das Bildmaterial in einem Promovideo verwenden, als abschreckendes Beispiel, das zeigen soll, auf welch vielfältige Weise man Tieren schaden kann.«

»Ich finde ja, du bist total nett und witzig rübergekommen«, meinte Cal immer noch voller Begeisterung.

»Das finde ich auch.« Grace, die neben mir saß, nickte. »Wie jemand ... mit dem man sich identifizieren kann.«

»Es *sollte* ja auch mein wahres Ich zeigen«, murmelte ich und schob mein Essen auf dem Teller hin und her. »Aber stattdessen hat es alles nur noch schlimmer gemacht.«

»Es war doch auch dein wahres Ich!«, protestierte Cal. »Komm schon, Flick – du bringst mich jeden Tag aufs Neue zum Lachen, aber gestern hat sich die halbe Welt scheckig gelacht deinetwegen.«

Grace warf ihm einen warnenden Blick zu.

»Ich meine das im positiven Sinn! Vielleicht habe ich mich missverständlich ausgedrückt.«

»Nein, ich verstehe schon, was du meinst«, sagte Olly und gab Cal, der knallrot anlief, Rückendeckung. »Das war viel besser als jedes inszenierte, perfekt geplante Interview. Denn das wärst nicht du. Es war total ... unvorhersehbar.«

»Hast du heute schon mit Ethan gesprochen?«, hakte Grace vorsichtig nach.

»Er schreibt mir schon den ganzen Tag Nachrichten«, erwiderte ich und hielt ihr mein Handy hin. »Das ist so lieb von ihm, aber ich fühle mich trotzdem mies.«

»In dieser Nachricht schreibt er, es sei sein bislang bestbesuchter Blogbeitrag gewesen!«, rief Grace erstaunt, als sie die neuste Textnachricht las. »Er muss ja so was von aufgeregt sein! Eine bessere Publicity für seinen Kanal hätte er sich gar nicht wünschen können. Das ist ja megatoll!«

Dann erst fiel ihr mein Gesichtsausdruck auf.

»Oh … na ja, so toll vielleicht auch wieder nicht«, fügte sie hinzu und reichte mir rasch mein Telefon zurück.

»Ich schätze, für Ethan ist es tatsächlich gut«, seufzte ich. »Aber für mich macht es alles bloß noch schlimmer. Vor allem jetzt, nachdem Nancy Rose von der Geschichte mit dem Pfau Wind gekriegt hat.«

Cal lachte. Deshalb warf ich noch eine Fritte nach ihm.

»Hey!«, rief er empört, als ihn das Geschoss mitten auf der Stirn traf. »Ich liebe diese Geschichte!«

»Das überrascht mich nicht, weil DU schließlich derjenige warst, der mich dazu gebracht hat, diesen Pfau mitten in einem Ballsaal voller Parlamentsmitglieder freizulassen!«

»So war das doch gar nicht, das habe ich ganz anders in Erinnerung«, widersprach er mit einem schelmischen Grinsen. »Ich bin mir sicher, dass es deine Idee war.«

»Wie auch immer, es ist nun schon das zweite Mal, dass jemand ›aus meinem engeren Umfeld‹ Nancy Rose eine Geschichte über mich weitererzählt«, schnaubte ich. »Ich vermute, es ist Ella.«

»Ella?« Olly runzelte die Stirn. »Du denkst wirklich, so etwas würde sie tun?«

»Du etwa *nicht?* Nur eine Handvoll Leute wissen von diesem Vorfall mit dem Pfau UND von dem mit Prinz Gustav. Außerdem ist sie die Einzige, von der ich mir vorstellen kann, dass sie bereitwillig Informationen an Nancy Rose weitergibt. Wer sonst soll es denn gewesen sein? Aber egal …«, ich seufzte erschöpft , »können wir jetzt bitte von was anderem reden?«

Ich hatte echt genug von diesem Thema.

»Kein Problem.« Cal nickte. »Heute Morgen haben wir darüber gesprochen, welche Titelstory wir in der ersten Ausgabe unserer Zeitung bringen sollen. Du könntest uns bei der Entscheidung helfen.«

»Aber ich arbeite doch gar nicht an der Zeitung mit«, rief ich ihm ins Gedächtnis.

»Du arbeitest NOCH nicht mit«, entgegnete er ernst. »Und das ist ja auch nicht wichtig. Ich will nur deine Meinung hören.«

»Na schön«, erklärte ich mich einverstanden. »Was steht denn zur Auswahl?«

»Ich habe eine Reportage über die Schulcafeteria vorgeschlagen«, fing Grace an.

»Nur leider«, mischte Olly sich ein, »hat die Küche bei der letzten Kontrolle die Bestnote bekommen. Deshalb glaube ich nicht, dass das Thema interessant genug ist. Schon gar nicht interessant genug für die Titelseite. Ich dachte da eher an eine kritische Auseinandersetzung mit der Musikindustrie: für und wider das Playback.«

Grace rümpfte die Nase. »Das hat doch mit der Schule rein gar nichts zu tun.«

Olly sah gekränkt aus.

»Ich denke schon, dass es für die Musikstrecke von Interesse ist, aber ich muss Grace recht geben«, meinte Cal diplomatisch. »Die Titelstory muss jeden an der Schule packen und dazu bringen, sich ein Exemplar zu kaufen. Es sollte etwas sein, das neugierig macht.«

»Was ist denn mit meiner Idee?«, sagte da eine Stimme, die ich gar nicht gern hörte.

Ich seufzte, als Ellas Schatten über den Tisch fiel. Ich meine, mal im Ernst: Schlimmer konnte der Tag doch gar nicht mehr werden, oder?

»Welche Idee denn?«, hakte Olly widerstrebend nach und warf mir einen Seitenblick zu.

»Ich habe Cal gestern Abend einen Vorschlag für die Titelstory aufs Handy geschickt«, verkündete sie sichtlich zufrieden.

Ich verspürte einen scharfen Stich bei dem Gedanken daran, dass Cal und Ella sich gegenseitig Nachrichten schickten. Ich wusste gar nicht, dass sie Nummern ausgetauscht hatten! Noch letzte Woche hätte sie vermutlich so getan, als würde sie ihn gar nicht kennen!

»Und, wie findest du meine Idee?«, fragte sie und strahlte ihn an.

Cal bekam knallrote Ohren, weil wir ihn jetzt alle abwartend ansahen. Er stand nicht gern im Mittelpunkt.

»Tut mir leid, Ella, das funktioniert so nicht.« Nervös rutschte er auf seinem Stuhl hin und her.

Cal fand ihren Vorschlag unmöglich, das war nicht zu übersehen. Und alle wollten nur, dass sie wieder verschwand. Nur schien sie das nicht zu merken.

»Ich finde es wichtig, dass wir Themen anschneiden, die *absolut neu* sind, verstehst du? Und weil es sich noch dazu um die erste Ausgabe handelt, wollen wir doch sichergehen, dass unsere Titelstory wirklich topaktuell ist.«

Ich konnte ihr nicht ins Gesicht sehen. Warum verzog sie sich nicht endlich? Schämte sie sich denn gar nicht, dass sie die Presse mit Infos über eine ihrer Mitschülerinnen versorgte? Was STIMMTE nur nicht mit ihr?

»Jep«, entgegnete Cal knapp und schob sein Essen auf dem Teller herum.

»Wir würden es uns zu einfach machen, wenn wir dem, was gerade vor sich geht, keinerlei Beachtung schenkten, nur weil wir niemandes Gefühle verletzen wollen …«

Ich gähnte lautstark. Also echt, manche Leute checken aber auch gar nichts.

»Wir dürfen keine Rücksicht auf persönliche Beziehungen nehmen, wenn wir diese Zeitung auf Erfolgskurs bringen wollen …«

Sie wissen einfach nicht, wann ihre Anwesenheit NICHT ERWÜNSCHT ist.

»Und wir würden unseren Job als Journalisten nicht richtig ernst nehmen, wenn wir etwas so Wichtiges ignorieren …«

Das ist eine soziale Kompetenz, die man nicht lernen kann. Entweder man hat sie oder nicht.

»Also, wenn es dir so schwerfällt, bin ich gern bereit, den Beitrag zu Nancy Rose und Flick zu schreiben.«

Äh, Moment. WAS?

Ich riss den Kopf so schnell hoch, dass ich hätte schwören können, etwas hätte in meiner Schulter geknackt. Bestimmt habe ich mir einen bleibenden Muskelschaden zugezogen. Dafür zerre ich Ella vor Gericht!

»Entschuldige, was hast du gesagt?«

»Die Story über dich und Nancy«, erklärte sie mit großen, unschuldigen Augen. »Hat Cal dir nicht erzählt, dass wir dazu etwas planen?«

Ich sah ihn an. »Ist das ihr Ernst?«

»Nein, wie ich schon sagte, ich denke nicht, dass das die passende Story für uns ist«, beeilte Cal sich mit panischem Blick zu sagen.

»Du *denkst* nicht, dass es passt?«, schrie ich beinahe. »Na, das ist ja TOTAL beruhigend.«

»Du weißt genau, dass es so nicht gemeint war.«

»Ich verstehe nicht, weshalb du dich so aufregst, Flick«, sagte Ella und tat ganz schockiert. »Ist es nicht genau das, was du willst? In den Schlagzeilen stehen und überall im Mittelpunkt sein? Ein wenig kostenlose Werbung ist doch genau dein Ding!«

Ich war völlig baff. Da fehlten mir doch glatt die Worte.

»Und keine Sorge«, fuhr Ella mit einem fiesen Grinsen fort. »Wenn ich diesen Bericht schreibe, werde ich schon dafür sorgen, dass ich dein *wahres* Gesicht zeige.«

KAPITEL 10

Sky, hast du es schon gesehen?

Was, das mit dem Puma?

Hä? Woher weißt DU von dem Puma?
Du wohnst doch gar nicht hier!

Das war in den Nachrichten. Angeblich ist er aus einem Privathaushalt entkommen.

Ich meine nicht das mit dem Puma.

Wer legt sich denn einen Puma als Haustier zu?! Sollen die sich doch eine Katze holen! Das arme Tier hat bestimmt schreckliche Angst so allein in London!

ICH MEINE NICHT DAS MIT DEM PUMA! Ich rede von meinem Videoblogauftritt bei Ethan.

Oh, das … ja, das habe ich gesehen … wer nicht? Ich wollte dir eigentlich schon schreiben, wie toll ich deinen Auftritt fand, aber dann rief ausgerechnet Gustav an, das erste Mal seit … Jedenfalls ist der Blogbeitrag großartig! Das mit dem Livestream war ein genialer Einfall!

Bleib bitte ernst. Das ist kein Witz.

Ich meine es ernst!! Ich fand es IRRE KOMISCH!

Quatsch, es war eine KATASTROPHE! Wie bügle ich das wieder aus??

Was willst du ausbügeln?! Ich fand es genial! Die Tauben, der Parkwächter und wie du hinter Fritz herjagst … das war wie in einer Sitcom!!

Eigentlich wollte ich allen zeigen, dass das, was man über mich sagt, FALSCH ist. Stattdessen hat dieser Videoblog mein Image als Diva noch bestätigt! Alle denken, ich hätte es nicht verdient, auf der Top-50-Liste der Erbinnen zu stehen!! Ich muss etwas dagegen tun. Irgendwelche Vorschläge?

Weißt du, wenn du den entlaufenen Puma finden würdest, wärst du GARANTIERT wieder auf dieser Liste!

WARUM REDEN EIGENTLICH ALLE STÄNDIG VON DIESEM PUMA?! Ich hab hier ein ernsthaftes Problem, und jeder …

Warte mal. Es klingelt an der Tür.

Wer ist es?

Keine Ahnung, Mum hat aufgemacht. Jedenfalls habe ich ein ernsthaftes …

Oh mein Gott!

Was denn?

Die Stimme kenne ich!

Welche Stimme?

Die Stimme an der Tür.
Das kann doch nicht …

Was denn? Wer ist es?

Unmöglich. Das kann nicht sie sein.

WER IST SIE???

Ist sie es wirklich?!

WER??????

Ich glaube echt, dass sie es ist!
Ich muss aufhören!

NEIN! VERRAT MIR ERST, WER ES IST!!

Bis später! xxx

WEEEEEEER ISSSSST ESSSSSS??????

»Na, wenn das nicht meine Lieblingsnichte ist.«

Tante Hazel stand im Flur, die Arme weit ausgebreitet, als ich den Kopf zur Zimmertür herausstreckte. Neben ihr stand Mum und sah aus, als hätte man ihr eine saftige Ohrfeige verpasst.

»Ich fasse es nicht, du bist wirklich hier!«, rief ich völlig aus dem Häuschen und eilte auf sie zu, damit sie mir jeweils ein Küsschen auf die Wangen hauchen konnte. »Bleibst du über Nacht?«

»Selbstverständlich!« Sie grinste. »Dieser freundliche Chefconcierge, Marvin, hat mir wie immer die Saphir-Suite gegeben.«

»Matthew«, korrigierte Mum sie zähneknirschend. »Und auf gar keinen Fall bekommst du die Saphir-Suite, Hazel. Du bist herzlich willkommen, im Hotel zu übernachten, aber du wirst umziehen müssen in –«

»Ich bitte dich, Christine.« Hazel seufzte und rollte mit den Augen, während sie an mir vorbeirauschte und auf dem Sofa Platz nahm. »Ich bin gerade einmal fünf Sekunden hier, und schon nörgelst du an mir herum. Du ähnelst unserer Mutter von Tag zu Tag mehr.«

Mum machte ein ganz verkniffenes Gesicht und murmelte kaum hörbar: »Ich bin keine Nörglerin wie unsere Mutter.«

»Flick, komm und setz dich zu mir.« Mit einem Lächeln klopfte Hazel neben sich aufs Sofa. »Wie viele Jahre ist es her? Ich weiß, es klingt abgedroschen, aber ich kann nicht fassen, wie groß du geworden bist!«

»Es ist vier Jahre her, seit du uns das letzte Mal besucht hast«, murrte Mum. »Und dein letzter Anruf war vor ungefähr zwei Jahren.«

»Du kannst dir nicht vorstellen, wie stressig das Leben in New York ist«, erklärte Hazel und lehnte sich in die Polster zurück. »Und wenn mich nicht alles täuscht, Christine, hast du auch nicht angerufen.«

Mum ließ sich auf den Sessel gegenüber plumpsen und funkelte Hazel finster an. Sie hatte schon des Öfteren erwähnt, dass sie sich in ihrer Jugend kein bisschen mit ihrer jüngeren und einzigen Schwester verstanden hatte. Sie bezeichnete sie immer als das »schwarze Schaf der Familie« und meinte, es sei besser für das Wohl aller, dass sie in einem anderen Land lebte.

Aus diesem Grund kannte ich meine Tante kaum. Von den wenigen Malen, da sie nach England zurückgekommen und im Hotel abgestiegen war, wusste ich zwar, dass sie eine Dame von Welt und ziemlich fordernd war und außerdem das Talent besaß, regelmäßig für Skandale zu sorgen, aber das war auch schon alles.

Das letzte Mal, vor einigen Jahren, fand ich sie so unglaublich toll mit ihren wunderschönen Kleidern und ihrer sorglosen Art, dass ich Matthew erzählte, ich würde auch mal so werden wollen wie sie, wenn ich groß war.

Er hatte mich nur leicht befremdet angesehen und mit kraftloser Stimme gesagt: »Gütiger Gott.«

Wie sie jetzt in ihrem langen cremefarbenen Mantel mit Stehkragen und ihren Diamantohrringen auf unserem Sofa thronte, die Haare perfekt um die Schultern drapiert, sah sie genauso aus wie in meiner Erinnerung.

»Wie lange hast du vor zu bleiben?«, erkundigte sich Mum und tätschelte ihren Schoß, damit Fritz hinaufsprang und sie zum Trost mit ihm kuscheln konnte.

»Was für ein niedliches Hündchen! Ich fand Pudel schon immer toll!«

»Das ist ein Dackel«, korrigierte Mum sie mürrisch. »Und weich bitte meiner Frage nicht aus.«

»Welcher Frage denn?«

»Wie lange bleibst du? Zwei Tage? Einen? Ein paar Stunden? Minuten?«

»Auf unbestimmte Zeit.«

Mum fuhr zusammen. »Auf unbestimmte Zeit? Was soll das heißen?«

»Ich bleibe, solange Flick mich braucht«, erklärte sie. Mit einem vergnügten Blitzen in den Augen sah sie mich an.

»Flick?« Jetzt starrte Mum mich entgeistert an. »Was hat Flick damit zu tun?«

»Nun, irgendjemand muss dem Kind doch auf diesem aufregenden neuen Weg beistehen. Und ich kann ihre glänzende Karriere ja wohl kaum dir überlassen, nicht wahr?« Hazel zog die Augenbrauen nach oben. »Ich kenne dich gut genug, Christine. Du würdest sie lieber vor aller Welt verstecken, als diese perfekte Gelegenheit zu Flicks Gunsten zu nutzen.«

»Hazel«, fing Mum an, die sich nun aufrichtete und dabei Fritz aufscheuchte, der sich auf ihrem Schoß zusammengerollt hatte. »Wovon redest du?«

»Was meinst du mit ›glänzende Karriere‹?«, fragte ich.

»Siehst du? Genau aus diesem Grund braucht ihr beide mich«, sagte Hazel kichernd. »Flick, dein kleiner Disput mit Nancy Rose war das perfekte Sprungbrett auf die Bühne der Öffentlichkeit. Ich muss zugeben, erst hatte ich die Befürchtung, du würdest dich artig entschuldigen und die Sache unter den Teppich kehren, sehr wahrscheinlich auf Anraten deiner Mutter …« Dabei warf sie Mum einen bohrenden Blick zu. »Und natürlich ist es nicht optimal, dass man dich von der Liste der Top 50 der Erbinnen gestrichen hat …«

»Ich wollte durch meinen Gastauftritt auf Ethans Videoblog eigentlich allen beweisen, dass sie sich ein völlig falsches Bild von mir gemacht haben«, gab ich betreten zu, »aber dann –«

»Aber dann wurde der verhängnisvolle Blogbeitrag gesendet, und du hast es geschafft, seither im Rampenlicht zu stehen. Ausgezeichnete Arbeit«, verkündete Hazel fröhlich und tätschelte meine Hand.

»Na ja, nur wurde mir der Blogbeitrag zum Verhängnis, wie du schon sagtest«, klärte ich sie etwas verwirrt auf.

»Es hat ein klein wenig am Feinschliff gefehlt, sicher; aber jetzt, da ich hier bin, wird sich das ändern. Überlass alles mir, Flick. Ich sorge schon dafür, dass die Juroren, die für diese lächerliche Erbinnen-Liste verantwortlich sind, es bereuen, eine Royal abgewiesen zu haben! Wenn die denken, du wärst es nicht wert, zu den aufstrebenden Stars zu zählen, dann müssen sie blind sein.«

»Hazel …«, sagte Mum mit warnendem Unterton und sah sie aus zusammengekniffenen Augen an. Nur dass ich ihr ins Wort fiel, ehe sie mehr sagen konnte.

»Willst du damit sagen, dass du eine Idee hast, wie du mir helfen kannst?«, fragte ich voller Hoffnung. Auf einmal sah ich wieder Licht am Ende des Tunnels. In dem war es momentan noch recht düster.

»Absolut. Ich habe den perfekten Plan, wie wir allen zeigen, wer du *wirklich* bist.« Hazel lächelte und griff aufgeregt nach meiner Hand. »Wart's nur ab.«

KAPITEL 11

Am nächsten Tag passte Hazel mich ab, als ich gerade die Lobby durchquerte. Ich hatte jetzt eigentlich keine Zeit für sie.

»Guten Morgen, Flick«, begrüßte sie mich gut gelaunt, kam auf ihren smaragdgrünen Stilettos mit klappernden Absätzen angestöckelt und hakte sich bei mir unter. »Bist du auf dem Weg zur Schule?«

Ich nickte. »Wie hast du geschlafen?«

»Ach, unwichtig. Hast du nach der Schule schon etwas vor?«

»Nein, warum?«

An der Tür blieb sie stehen. »Weil ich ein SEHR interessantes Treffen für dich organisiert habe. Komm also sofort nach Unterrichtsschluss nach Hause. Und sei bitte pünktlich.«

»Was für ein Treffen denn?«, wollte ich nur zu gern wissen.

»Du wirst schon sehen«, sagte sie und klatschte in die Hände. »Und das ist erst der Anfang. Hab einen schönen Tag, mein Liebes!«

Kaum betrat ich das Schulgebäude, machte ich mich auf die Suche nach Grace, um ihr alles brühwarm zu berichten.

»Das ist ja so was von cool!«, rief sie begeistert und schnappte nach Luft, nachdem ich ihr von dem geheimnisvollen Treffen erzählt hatte. »Was denkst du, mit wem du dich triffst?«

»Ich hab nicht die leiseste Ahnung«, sagte ich und kaute nervös auf meiner Lippe herum. »Vielleicht sind es die Produzenten der Morning-Sunshine-Show? Du weißt schon, damit ich denen *meine* Version der Geschichte erzählen kann. Vielleicht ist es ihr gelungen, sie davon zu überzeugen, dass Nancy Rose ein völlig falsches Bild von mir gezeichnet hat!«

»Vielleicht bekommst du einen Werbevertrag!«, schlug Grace vor. »Für Vogelfutter oder so was!«

Ich zuckte zusammen, als die Erinnerung an diese vielen flatternden Flügel zurückkam. »Igitt. Hoffentlich nicht.«

»ODER«, sagte Grace und machte vor Aufregung ganz große Augen, »du gehst in den Dschungel! Du bist doch jetzt ein echter Star! STELL DIR DAS VOR!«

»Du glaubst echt, dass ich berühmt genug bin für das Dschungelcamp?«

»Klar! Dieses Video, wie du von den Tauben attackiert wirst, ist ÜBERALL im Netz. Wenn es bei diesem Treffen tatsächlich um das Dschungelcamp geht, dann musst du mir das sofort sagen, damit wir dich darauf vorbereiten können. Du kannst gern zu mir kommen, dann setze ich dir Bruce auf den Kopf oder so was.«

»Ich weiß nicht, ob es mich auf mehrere Wochen im Dschungel mit lauter ekligen Krabbeltierchen vorbereitet, wenn du mir deine zahme Schildkröte auf den Kopf setzt.« Ein Schauder rieselte mir über den Rücken. »Voll gruselig!«

»Ich fasse es nicht, dass du in den Dschungel gehen sollst!«, kiekste Grace begeistert und hüpfte freudig auf und ab.

»Grace«, ermahnte ich sie, damit sie das nicht herumposaunte. Nervös sah ich mich auf dem Flur um, ob uns auch ja keiner zuhörte. »Wir wissen doch noch gar nicht, ob es bei dem Treffen wirklich darum geht. Vielleicht hat es rein gar nichts mit dem Dschungelcamp zu tun.«

»Du hast recht«, sagte sie. Sie kniff die Augen zusammen und fächelte sich mit der Hand Luft zu. »Wir sollten Ruhe bewahren.« Sie zögerte kurz, dann packte sie mein Handgelenk. »Wie gut bist du im Standardtanz?«

»Was höre ich da von Tanzen?«, wollte Olly wissen, der in dieser Sekunde mit Cal auf uns zukam. »Ich bin nämlich in unserer Familie derjenige mit dem Rhythmus im Blut, stimmt's, Grace?«

Grace funkelte ihn böse an und wandte sich wieder mir zu. »Erklärst du mir mal, warum wir dauernd mit meinem Bruder abhängen müssen?«

»Weil ich so unglaublich gut aussehe?«

»Ganz zu schweigen von deiner bescheidenen Art«, merkte Cal an und zwinkerte Grace verschwörerisch zu.

»Aber klar doch.« Olly grinste. »Was soll ich sagen? Ich bin unwiderstehlich.«

Ich lachte mit Olly, achtete aber tunlichst darauf, Cals Blick auszuweichen.

Ich war immer noch sauer auf ihn, weil er Ella mit ihrer lachhaften Idee für die Titelstory nicht komplett niedergebügelt hatte. Da konnte er mir noch so oft versichern, er würde nicht im Traum daran denken, darauf einzugehen. Ich war trotzdem genervt.

Zumal sie ja keinen Zweifel daran gelassen hatte, dass sie diejenige war, die Nancy Rose mit Informationen versorgte. HALLO? Warum hätte sie wohl sonst diese spitze Bemerkung machen sollen, von wegen, in ihrem Artikel wolle sie mein »wahres Gesicht« zeigen? GENAU DAS hatte Nancy Roses ominöse Informantin nämlich auch gesagt! Sie hatte praktisch zugegeben, schuldig zu sein, vor allen anderen, und Cal war IMMER NOCH NICHT überzeugt davon, dass sie es war. Es war doch sooo klar.

Jedes Mal, wenn ich daran dachte, wie Ella Cal um den Finger wickelte, drehte sich mir der Magen um.

»Erzähl ihnen schon deine aufregenden Neuigkeiten«, forderte Cal Olly auf und stieß ihn mit dem Ellbogen an.

»So aufregend ist das auch wieder nicht«, beeilte Olly sich zu sagen, wurde aber rot, als er meinem Blick begegnete.

»Aha, siehst du? Du bist also doch bescheiden.« Cal lachte. »Ollys Band hat einen Auftritt. Ist das nicht megacool?«

»Ist das dein Ernst?«, fragte Grace. »Das ist ja unglaublich!«

»Es ist doch nur eine Veranstaltung für Nachwuchsbands.« Er zuckte mit der Schulter. »Nichts Weltbewegendes. Wird aber garantiert ein lustiger Abend.«

»Er spielt das total runter. Die Bands wurden ausgewählt, es ist ein großer Wettbewerb. Einer der Organisatoren hat zufällig den Song gehört, den Olly auf YouTube hochgeladen hat, und sie eingeladen«, erzählte Cal begeistert. »Es sind nur noch wenige Wochen bis dahin.«

»Wow, Olly!« Ich lächelte. »Das ist echt genial, Glückwunsch! Wir sind natürlich alle mit dabei und jubeln dir zu!«

Er strahlte mich nun seinerseits an.

»Flick hat auch tolle Neuigkeiten«, teilte Grace den anderen mit. »Sie hat heute Nachmittag nach der Schule ein ultrawichtiges Treffen. Ihre Tante Hazel hat es für sie organisiert.«

»Was für ein Treffen denn?«

»Das darf ich nicht verraten.« Ich kräuselte die Nase.

Ein wissendes Grinsen breitete sich über Cals Gesicht aus. »Du hast keinen Schimmer, worum es bei dem Treffen geht, stimmt's?«

»Natürlich weiß ich, worum es geht!«, platzte ich heraus.

Keine Ahnung, warum ich log. Ich würde sagen, es lag an seinen Grübchen. Sie lenkten mich einfach zu sehr ab. Und das nervte gewaltig.

»Ich will es bloß keinem erzählen, der es vielleicht sofort zur Titelstory seiner Zeitung macht«, fügte ich spitz hinzu.

»Komm schon, Flick.« Er seufzte ungeduldig. »Du weißt genau, dass ich das niemals tun würde.«

»Ach so, stimmt. Du würdest einfach deine neue Freundin *Ella* bitten, es für dich zu tun. Warum schreibst du ihr nicht gleich eine Nachricht? Ich weiß genau, dass ihr Nummern ausgetauscht habt.«

»Meine Nummer stand in dieser E-Mail, die ich an alle verschickt habe. Zusammen mit den ganzen Einzelheiten zum Brainstorming in unserem ersten Meeting«, erklärte er. »Daher hat sie sie.«

»Ich erinnere mich nicht, eine E-Mail erhalten zu haben, in der es um die Zeitung ging«, sagte ich und verschränkte die Arme.

»Weil ich dachte, dass du kein Interesse hast!«, verteidigte er sich. Er wirkte jetzt richtig genervt. »Du hast in unserem ersten Meeting doch nichts anderes getan, als Ella böse Blicke zuzuwerfen. Dann hast du dich hinterher bei mir beschwert, dass ich sie mit ins Team genommen habe. Ich bin mir fast sicher, dass du sogar ausdrücklich gesagt hast, dass du bei der Zeitung nicht mitmachen willst, wenn Ella dabei ist. Deshalb bin ich davon ausgegangen –«

»Das habe ich gesagt, weil ich meine PRINZIPIEN habe!«

»Hör zu, wenn du an der Zeitung mitarbeiten willst, fände ich es natürlich toll, wenn du –«

»Ich WILL nicht mitmachen bei der Zeitung.«

»Na gut!«

»Ja, gut!«

»Flick –«, mischte Olly sich nun ein, während Cal mit den Augen rollte.

Ich hatte genug.

»Ich würde ja gern noch bleiben und mit euch plaudern, aber ich muss los und mich auf mein Treffen vorbereiten. Mit wichtigen Leuten. Und es geht um wichtige Themen. Tschüss.«

Damit rauschte ich ab, ohne den blassesten Dunst, wohin ich eigentlich wollte. Schließlich saß ich zehn Minuten zu früh im Klassenzimmer und war einfach nur tierisch genervt.

Aber das spielte keine Rolle, denn es ging allein ums Prinzip. Ich schaffte es, Cal für den Rest des Tages aus dem Weg zu gehen, und kaum kündigte die Schulglocke das Ende der letzten Unterrichtsstunde an, stürmte ich aus dem Gebäude, stieg in den Wagen, der bereits auf mich wartete, und teilte Peter mit, dass wir NICHT warten würden.

Und zwar, weil ich erstens zu meinem wichtigen Treffen nicht zu spät kommen wollte, und zweitens, weil Cal ein Dickschädel war.

Hazel erwartete mich bei meiner Ankunft schon in der Eingangshalle, wobei Audrey sie von der Rezeption aus mit Adleraugen beobachtete. Audrey konnte Hazel nicht besonders gut leiden. Hazel hatte bei ihrem letzten Besuch eine ganze Salsagruppe gebucht, allein zur Unterhaltung ihrer Dinnergäste, ohne jemandem etwas davon zu sagen. Und als Audrey in den Speisesaal kam, um die Tänzer höflich zu bitten, aufzuhören, schlug einer sie aus Versehen mitten ins Gesicht – mit einer Rumbakugel.

Das hatte sie Hazel nie ganz verziehen.

»Da bist du ja!«, rief Hazel, als Matthew mich zur Tür hereinführte, weil er mich immer noch vor den wenigen Journalisten schützen musste, die beharrlich draußen vor dem Hotel herumlungerten.

»Ist Cal bei einer Redaktionssitzung?«, wollte Matthew wissen. Er wirkte verwundert, dass ich ohne seinen Sohn nach Hause gekommen war.

»Cal geht heute zu Fuß«, erklärte ich knapp.

»Aha.« Er stieß ein verständnisvolles Kichern aus. »Was hat er denn diesmal angestellt?«

»Ich habe nur das Gefühl, dass er –«

»Tut mir leid, Flick, ich hetze dich ja nur ungern«, mischte Hazel sich ein und zerrte mich von Matthew fort, »aber sie warten im Speisesaal auf uns. Komm mit.«

»Wer wartet auf uns?«, erkundigte ich mich, doch sie achtete gar nicht auf mich. Stattdessen lief sie unbeirrt weiter.

Nervös rannte ich hinter ihr her und zupfte vereinzelte Hundehaare von meinem Schulpullover. Dann fuhr ich mir mit der Hand durch die Haare, obwohl ich sie mir im Wagen bereits hundertmal gekämmt hatte.

Mum saß an einem der Tische, einer Frau und einem Mann gegenüber, die ich noch nie zuvor gesehen hatte. Sie sprangen sofort auf, als Hazel und ich den Raum betraten, und die Frau hielt mir die Hand hin, um mich zu begrüßen.

»Flick, freut mich sehr, dich kennenzulernen«, sagte sie und schüttelte mir die Hand ein bisschen ZU energisch für meinen Geschmack. »Mein Name ist Tanya, und das ist mein Assistent Michael.«

Ich schüttelte auch Michael die Hand und nahm dann zwischen Mum und Hazel Platz.

»Flick, Tanya und Michael sind Fernsehproduzenten.« Hazel lächelte, während Timothy vom einen zum anderen ging und die Gläser mit Wasser füllte.

»Wow! Wie cool!«, platzte es aus mir heraus.

Ich meine, ehrlich, ich klang doch wie der letzte Loser. Mir entging nicht, dass Hazel angesichts meiner etwas flapsigen Reaktion zusammenzuckte. Die beiden sahen nicht wirklich aus wie Fernsehproduzenten, zumindest nicht so, wie ich mir Fernsehproduzenten vorgestellt hätte. Wie die Sorte von Leuten eben, die sich in schicke Maßanzüge zwängen, perfekt frisiert sind, mit Bluetooth-Headsets auf dem Kopf, um stets erreichbar zu sein. So sahen die beiden ganz und gar nicht aus. Michael trug ein total lässiges T-Shirt, Jeans und Beanie, und Tanya war quietschbunt angezogen, in schreienden Farben, die nicht zusammenpassten, und dazu hatte sie einen supercoolen Nasenring.

Die Lehrer logen doch immer, wenn sie uns weismachen wollten, Piercings seien bei Jobinterviews nicht gern gesehen.

»Schön, Sie kennenzulernen«, beeilte ich mich mit möglichst ernster Stimme zu sagen, in der Hoffnung, sie würden mein »Wow, wie cool« schnell wieder vergessen.

Mum musterte die beiden mit dem gleichen Gesichtsausdruck, den sie beim Monopolyspielen an Weihnachten immer aufsetzte: interessiert, aber mit einem Hauch von Misstrauen. »Was zählt, ist ein gutes Preis-Leistungs-Verhältnis«, sagte sie jedes Jahr, wenn sie die Schachtel mit dem Spiel herausholte. »Achte auf die Kosten, nicht nur darauf, dass Bargeld fließt.«

Also wirklich, wenn man sich den Spaß am Monopolyspielen so richtig verderben wollte, sollte man es mit einer echten Hotelbesitzerin spielen.

»Was soll das alles?«, fragte Mum streng, worauf sie lediglich einen strafenden Blick von ihrer Schwester erntete.

»Das ist nicht dein Ernst, Christine. Wir haben noch nicht einmal die Vorspeise bestellt, und schon kommst du zum Geschäftlichen?« Hazel kicherte. »Dürfte ich dir den Ziegenkäse empfehlen? Der ist wirklich zum Niederknien.«

»Wir kommen gern gleich zum Wesentlichen«, sagte Tanya, und Michael nickte zustimmend. »Flick, wir würden uns gern mit dir über eine Pilotfolge zu deiner eigenen Realityshow unterhalten.«

Mir klappte die Kinnlade hinunter. »W... *Was?*«

»Dieser Videoblog mit Ethan Duke«, Michael grinste, »das war exzellentes Fernsehmaterial.«

»Deine Geschichte hat uns alle sehr neugierig gemacht. Die Erbin von alldem hier …«, sagte Tanya, wobei sie mit einer weit ausholenden Geste um sich deutete. »Wir würden den Sendern gern eine Realityshow mit dir anbieten. In der wir deinen glamourösen Lebensstil präsentieren. So was wie die Kardashians auf Britisch, nur mit weniger Familienmitgliedern.«

WAS?? MEINE EIGENE SHOW?!

Oh mein Gott!

Wie benommen saß ich da und starrte Tanya an, die mir aufmunternd zunickte.

»Sie wollen meiner Tochter auf Schritt und Tritt mit der Kamera folgen?«, fragte Mum, nicht weniger fassungslos als ich.

»Ja, das wollen wir, Miss Royal.« Tanya nickte erneut. »Wir sehen da großes Potenzial, Flick ist der geborene Fernsehstar.«

»F…Finden Sie?«, japste ich. Mir schlug das Herz bis zum Hals.

»Natürlich kann es sein, dass wir für die Show keinen Abnehmer finden«, erklärte Tanya ganz sachlich. »Als Erstes würden wir einen Pilotfilm drehen und uns einen Plot überlegen. Ist der Pilot ein Erfolg, steht einer kompletten Serie nichts mehr im Weg.«

EINE KOMPLETTE SERIE. ÜBER MICH!

»Und wenn die gut läuft«, sagte Hazel und sah mich mit funkelnden Augen an, »wirst du sämtliche Vorteile eines echten Reality-TV-Stars genießen. Ein eigenes Parfüm, eine Modelinie, einen Buchvertrag und wer weiß was alles.«

Ich flippte fast aus vor Freude. Und ich meine, so RICHTIG. Meine eigene Fernsehshow? Ernsthaft? Eine Show, in der es nur um MICH gehen sollte? Ein Traum wurde wahr! Es war einfach PERFEKT!

Denn meine EIGENE FERNSEHSHOW war die optimale Gelegenheit, allen zu beweisen, dass ich nicht die egoistische, nichtsnutzige Erbin war, für die mich alle hielten. Das war genau die Bühne, die ich brauchte, um allen zu zeigen, dass sie sich irrten. Ich war keine Diva und kein Handtaschen-Hooligan!

Außerdem wäre ein eigenes Parfüm megacool!

»Kommt gar nicht infrage«, entschied Mum und setzte meiner Begeisterung ein jähes Ende. »Vielen Dank, dass Sie sich die Zeit genommen haben, aber daraus wird nichts.«

»Mum! Bitte!«, bettelte ich, während Tanya und Michael einen verstohlenen Blick wechselten. »Meine eigene Fernsehshow!«

»Du ziehst das doch nicht ernsthaft in Betracht, Flick?« Mum war völlig außer sich. »Nach dem Handtaschen-Skandal und den ganzen Trollen auf den sozialen Netzwerken!«

»Das ist doch die perfekte Chance, um endlich einmal *positive* Aufmerksamkeit zu bekommen!«

Mum wirkte kein bisschen überzeugt.

»Christine«, mischte Hazel sich jetzt ein. Sie sagte das ganz ruhig, während sie aufmerksam die Speisekarte studierte. »Ich finde, du bist es Flick schuldig, dass du zumindest darüber nachdenkst. Schließlich betrifft das alles sie, nicht dich. Deshalb würde ich sagen, sie hat ein Mitspracherecht, denn es geht um ihre Zukunft. Findest du nicht?«

Während Mum ihre Schwester über den Tisch hinweg fixierte, wurde mir zum ersten Mal der eigentliche Sinn der Redensart »Wenn Blicke töten könnten« klar.

Aber Hazels Worte mussten doch zu ihr durchgedrungen sein, denn als Nächstes holte sie tief Luft und knurrte: »Na schön, wir reden noch mal darüber.«

Wirklich überzeugt hörte sich das nicht an.

»Wunderbar!« Hazel lächelte, während Tanya und Michael zufrieden nach den Speisekarten griffen. »Dann lassen wir uns jetzt von diesem charmanten jungen Ober das heutige Menü erklären.«

Und schon machte sie Timothy auf uns aufmerksam, und während er an unseren Tisch geeilt kam, zwinkerte sie mir verschwörerisch zu. Ich war so überglücklich, dass ich das Gefühl hatte, ich würde platzen.

Endlich ging es wieder AUFWÄRTS!

KAPITEL 12

Ich wünschte, ich wäre nicht zu Cals dämlichem Redaktionstreffen gegangen.

Eigentlich lief der Tag bis dahin echt gut, ich träumte die ganze Zeit vor mich hin und dachte an die Begegnung von gestern Abend. Wie sie wohl werden würde, meine eigene Fernsehshow? Aber dann musste Ella wieder einmal dazwischenfunken und alles ruinieren.

Mum hatte mir das Versprechen abgenommen, niemandem ein Wort von der Fernsehshow zu erzählen, da es noch viel zu früh sei, blablabla. Nur Grace durfte ich einweihen, einerseits, weil ich es vor lauter Aufregung ohnehin nicht ausgehalten hätte, zu schweigen, andererseits, weil Grace mir eine Nachricht nach der anderen schickte vor lauter Neugier. Sie wollte unbedingt wissen, ob ich jetzt in den Dschungel gehen würde oder nicht.

Grace war so von den Socken, als ich sie anrief, dass sie den Rest unseres Gesprächs über begeistert kreischte.

Sie versprach mir, niemandem etwas zu verraten, aber am nächsten Tag in der Schule machte sie jedes Mal, wenn sie mich sah, ganz große Augen, und sie stieß immer wieder spitze Schreie aus, als müsste sie sonst platzen, weil sie so ein Riesengeheimnis mit sich herumtrug.

Eigentlich hatte ich nicht vorgehabt, an dem Redaktionstreffen nach der Schule teilzunehmen, weil ich Cal am Tag zuvor erklärt hatte, ich hätte kein Interesse, mitzumachen und so. Aber DANN erwähnte Grace rein zufällig, dass für den heutigen Tag die Besprechung des Layouts und ein paar neuer Vorschläge von Ella auf dem Programm standen.

Als ich DAS hörte, war klar: Da durfte ich nicht fehlen!

Ihre Vorstellung von einer spannenden Schlagzeile konnte ich mir lebhaft ausmalen:

Flick Royal vs. Mariah Carey:
Wer ist die größere Diva?

Geheimnisse, Fettnäpfchen und Skandale:
Lernt hier die wahre Flick Royal kennen!

Jetzt zeigt sie ihr wahres Gesicht:
Was tatsächlich geschah am Abend des Handtaschen-Gates!

»Erbin des Hotel Royal lieferte mir einen Kampf auf Leben und Tod!«
Exklusivinterview mit Nancy Rose

Mir blieb also gar nichts anderes übrig: Ich musste hin, damit sie nicht mit vergleichbaren Vorschlägen ankam. Und falls sie es doch versuchen sollte, wäre ich da, um in den richtigen Momenten »Verleumdung« zu rufen.

Sollte noch ein letzter Rest Zweifel bestanden haben, dass Ella Cals Zeitung dazu benutzte, um meine Freunde sowie den Rest der Nation gegen mich aufzuhetzen, dann war dieser in der Sekunde, als ich den Raum betrat, restlos beseitigt, weil … Es war nicht zu glauben.

Sie stand vorn neben Cal und lachte. Sie LACHTE! Als hätte Cal etwas Witziges gesagt. Und dann passierte es: Sie antwortete etwas, und dann fing er auch noch an zu lachen!

Cal! Ella! Wie sie zusammen LACHEN!

Ich muss kreidebleich geworden sein, weil Grace, die die ganze Zeit gelabert hatte, plötzlich ihren Redefluss unterbrach und mich fragte, ob alles in Ordnung sei.

»Mir geht's BLENDEND«, sagte ich betont laut, in der Hoffnung, Cal möge es hören.

Doch wie sollte er, wenn Ella so übertrieben lachte und das Messer immer tiefer in die Wunde bohrte? Auf keinen Fall konnte sie irgendetwas, das Cal sagte, dermaßen lustig finden, sie hielt ihn doch für den größten Loser unserer Schule! Es war offensichtlich, dass sie damit nur mich ärgern wollte.

Tja, ihr Plan ging natürlich nicht auf, darauf konnte sie lange warten. Ich lasse mich nicht ärgern, KEIN BISSCHEN.

Und nicht, dass es mich kümmern würde, aber wenn man mit jemandem zusammen lacht, muss man NICHT wie rein zufällig den Arm der anderen Person berühren, so wie sie es jetzt tat. Das ist doch viel zu aufdringlich! Wenn sie das noch einmal versuchte, konnte Cal sie VERKLAGEN.

Außerdem habe ich sie noch nie so lachen hören. Es klang eindeutig aufgesetzt. Es war ein hohes, durchdringendes Kichern. Sie klang wie ein Hamster auf Speed! Wäh, so ein schreckliches Lachen hatte ich noch nie gehört. Was bin ich froh, dass ICH mich nicht anhöre wie ein Hamster, wenn ich lache. Wer will denn klingen wie ein Hamster? Wie konnte Cal sich da hinstellen und sich dieses Hamsterlachen anhören?

»Bist du sicher, dass alles okay ist, Flick?«, erkundigte sich Grace, als ich neben ihr und Olly Platz nahm.

»Ich MAG keine Hamster!«

Mit einem verstörten Blinzeln sah Grace mich an. »Hä?«

»Vergiss es«, murmelte ich mürrisch und tippte ungeduldig mit den Fingernägeln auf dem Tisch herum.

»Willst du dir einen Hamster zulegen?«, fragte Grace ganz aufgeregt.

Olly sah von seinen Unterlagen auf. »Was redet ihr da von Hamstern?«

»Flick will sich einen Hamster kaufen!«

»Das wird Fritz aber gar nicht gefallen«, bemerkte Olly. »Er hasst Eichhörnchen, und Hamster sind so was wie eine Miniaturversion von Eichhörnchen, nur ohne den buschigen Schwanz. Warum legst du dir nicht ein cooleres Haustier zu, so was wie eine Eidechse zum Beispiel?«

»Ooooh.« Grace nickte begeistert. »Vielleicht einen Leguan!«

»Flick bekommt einen Leguan?«, fragte Cal, der ENDLICH beschlossen hatte, sein heiteres Gespräch mit der brüllend komischen Ella zu beenden. »Ist das dein Ernst? Einen Leguan?«

»Na und?«, schnaubte ich und sah ihn aus zusammengekniffenen Augen an. »Du denkst wohl, ich käme mit so einem Tier nicht klar, weil ich eine verzogene Diva bin, die sich für nichts und niemanden interessiert außer für sich selbst?«

Cal hob abwehrend die Hände. »Wow, immer schön ruhig, ich wollte doch nur –«

»Weißt du was, Cal? Du täuschst dich in mir. Ich käme sehr wohl klar mit so einem Leguan.«

»Okay, ist ja gut.« Er lachte und warf mir einen verwunderten Blick zu. »Jedenfalls freut es mich, dass du gekommen bist, Flick. Sollen wir dann mit unserer Sitzung beginnen?«

Ella entschied sich für einen Platz mir gegenüber auf der anderen Seite des Klassenzimmers, wofür ich sehr dankbar war, denn falls Cal zufällig etwas Geistreiches sagte, wollte ich nicht riskieren, dass mir wegen ihres Hamsterlachens das Trommelfell platzte.

Cal eröffnete die Besprechung mit seinen Plänen fürs Layout, aber ich war viel zu abgelenkt von Ella, um dem zuzuhören, was er sagte.

Nach vorn gebeugt saß sie da und hatte das Kinn auf die Hand gestützt. Dabei nickte sie immer wieder zustimmend. Mein Blick wanderte von ihr zu Cal und dann wieder zurück zu ihr, weil ich wissen wollte, ob er sie öfter anschaute als die anderen. Ich war mir sicher, dass er nicht auf ihre unschuldigen Rehaugen hereinfallen würde. Das war doch alles nur Show! Dafür war er viel zu schlau. Er wusste, wie Ella wirklich war; er hatte immer behauptet, sie würde alle anderen kleinmachen, damit sie selbst besser dastand. Das hatte er erst letztes Schuljahr höchstpersönlich zu mir gesagt!

Er konnte doch nicht einfach so vergessen haben, wie oft sie total gemein zu ihm gewesen war, und sie auf einmal *mögen*.

Oder doch?

»Ella, ich fand deine Idee mit der Schuluniform und wie man sie pimpt, ohne dafür Stress zu kriegen, einfach genial«, sagte Cal mit einem Nicken in ihre Richtung. »Dachtest du da eher an Illustrationen oder an Fotos?«

»Ich finde, Fotos sind der bessere Blickfang«, verkündete sie an alle im Raum gewandt. »Und ich bin gern bereit, die verschiedenen Looks persönlich zu präsentieren.«

Sie ertappte mich dabei, wie ich mit den Augen rollte, und für einen kurzen Augenblick legte sich ein wütender Schatten über ihre Miene, ehe sie sich auf ihrem Stuhl herumdrehte und zu Cal sagte: »Noch was anderes: Hast du über meinen Vorschlag für die Titelstory nachgedacht?«

Cal öffnete den Mund und holte Luft, um etwas zu sagen, aber ich kam ihm zuvor und ersparte ihm die Mühe.

»Natürlich kommt das für ihn nicht infrage«, fuhr ich sie wütend an.

»Na, dann ist er offenbar nicht die Sorte Journalist, für die ich ihn gehalten habe«, gab sie zurück.

»Ich –«

»Und welche Sorte Journalist soll das sein?«, fiel ich Cal erneut ins Wort. »Eine, die Geschichten ausschmückt, nur um damit mehr Klicks zu bekommen? Eine, die sich auf dubiose ›Informantinnen‹ verlässt, die keinen Schimmer haben, wovon sie reden, und ihre eigenen fiesen Pläne verfolgen?«

Ella kniff die Augen zusammen und sah mich finster an. »Was redest du da eigentlich? Journalisten sind dazu da, um Nachrichten weiterzugeben. Um über Dinge zu berichten, die wichtig sind! Ist doch nicht unsere Schuld, dass du dich am laufenden Band in aller Öffentlichkeit blamierst!«

»Kann –«

»Tja, weißt du was, Ella?«, sagte ich schnaubend vor Wut. Und wieder einmal schnitt ich Cal das Wort ab. »Ich bin wichtig, weil ich nämlich bald der Star meiner eigenen Realityshow im Fernsehen sein werde!«

Olly klappte die Kinnlade hinunter. Ella fuhr vor Schreck auf ihrem Stuhl zurück. Cal starrte mich ungläubig an. Und Grace sprang auf die Füße und stieß die Faust in die Luft, wobei sie aus vollem Halse losjubelte.

»Jaaaaaaaaaaaa!«, schrie sie und legte sogar ein kleines Freudentänzchen hin. »ENDLICH MUSS ICH NICHT LÄNGER SCHWEIGEN! Ich hab es sowieso kaum mehr ausgehalten!«

»Eine Fernsehshow?«, fragte Olly und sah mich voller Bewunderung an. »Im Ernst?«

»Ja, so ist es«, sagte ich und verschränkte triumphierend die Arme vor der Brust. »Also, statt einen Beitrag zum Handtaschen-Gate oder zu anderen Nachrichten zu bringen, die ja so was von GESTERN sind … warum bittet ihr nicht mich um ein Interview zu meiner aufregenden neuen Fernsehserie?«

Grace riss ihren Arm hoch. »Ich! Ich will! Lass mich dieses Interview führen! Ich! Bitte, bitte nimm mich!«

»Na schön, Grace.« Ich nickte, ehe ich mich zu Cal umdrehte, ihn durchdringend ansah und sagte: »Ich *überleg's* mir. Ich bin mir nämlich noch *nicht sicher,* ob das wirklich das Richtige für mich ist.«

Damit schnappte ich mir meine Tasche, die unter dem Stuhl lag, und marschierte auf die Tür des Klassenzimmers zu.

»Warte, Flick!«, rief Cal hastig, als ich fast schon draußen war. »Wo willst du denn hin?«

Ich blieb stehen, atmete tief durch, drehte mich um und verkündete höchst dramatisch: »Ich mache nicht mehr mit!«

Wobei ich natürlich streng genommen nie wirklich beteiligt gewesen war.

Aber das spielte jetzt keine Rolle mehr.

Nachdem ich mich genüsslich an ihren entgeisterten Mienen geweidet hatte, machte ich auf dem Absatz kehrt und stürmte hoch erhobenen Hauptes aus dem Raum, die Jacke lässig über die Schulter geworfen.

Was, ganz offen gesagt, wieder einmal ein Beweis dafür war, dass ich eine eigene Fernsehserie so was von verdient hatte.

An diese Leute hier waren meine Talente jedenfalls verschwendet.

KAPITEL 13

Es erwies sich als EXTREM harte Nuss, Mum davon zu überzeugen, mich den Pilotfilm drehen zu lassen.

Das war umso blöder, als ich allen meinen Freunden davon erzählt hatte. Nachdem ich mich nach meinem spektakulären Abgang wieder beruhigt hatte, musste ich Grace eine Nachricht schicken und sie bitten, alle schwören zu lassen, dass sie Stillschweigen bewahren würden, weil ja noch nichts in trockenen Tüchern war.

Und obwohl Grace meinte, Ella habe es ihr versprochen, war ich nicht ganz so zuversichtlich. Aber ich war machtlos, und da Ella nun von der Fernsehshow wusste, war ich nur umso entschlossener, Mum auf meine Seite zu bringen.

Ella würde sonst für immer und ewig auf der Sache herumreiten. Man stelle sich nur die Schlagzeile vor, die sie sich ausdenken würde:

DIE SHOW IST AUS!
FLICK ROYALS »REALITYSHOW« ABGEBLASEN! FÜR IMMER!

DEN Gefallen würde ich ihr garantiert nicht tun.

Abend für Abend erinnerte ich Mum daran, dass Tanya und Michael immer noch auf die Bestätigung von uns warteten, dass sie mit mir den Pilotfilm drehen konnten. Sie stieß nur jedes Mal ein lang gezogenes Seufzen aus, blickte mir unverwandt in die Augen und fragte: »Aber ist es wirklich das, was du willst, Flick?«

Und jeden Abend gab ich ihr die gleiche Antwort: »BIST DU VERRÜCKT? Natürlich will ich das! Wie soll ich sonst allen beweisen, dass ich kein Handtaschen-Hooligan bin und nicht jeden Tag losziehe, um die Vögel im Park aufzumischen?«

Aber sie meinte jedes Mal nur, ich hätte das noch nicht richtig zu Ende gedacht und dass das mit den Aufnahmen für die Serie wahrscheinlich nicht ganz so einfach werden würde, wie ich mir das vorstellte.

»Warum sagst du das andauernd?«, fragte ich sie eines Abends, als sie schon zum zweiten Mal an diesem Tag damit ankam. »Hast du denn Erfahrung mit solchen Produktionen oder wie?«

»Nein, das Problem ist nur, dass das alles auf Hazels Mist gewachsen ist, und glaub mir, bei meiner Schwester scheint nie irgendwas glattzulaufen«, sagte sie wissend. »Sie hat das Talent, alles durch die rosarote Brille zu betrachten und dann Reißaus zu nehmen, sobald es kompliziert wird.«

»Okay, erstens kannst du dir sicher vorstellen, wie empfindlich ich im Moment wegen dieser dummen Nancy Rose auf das Wort ›rosa‹ reagiere, deshalb sei bitte in Zukunft etwas rücksichtsvoller, wenn ich dir das so offen sagen darf. Und zweitens solltest du dich Hazel gegenüber ein bisschen dankbarer zeigen«, empörte ich mich. »Findest du nicht, dass du viel zu streng über sie urteilst?«

»Flick, ich weiß, du bist überzeugt, dass diese Fernsehserie die Antwort auf alle deine Probleme ist, aber ich mache mir große Sorgen, dass sie alles nur noch schlimmer machen könnte.«

»Schlimmer machen?« Ich stemmte die Hände in die Hüften. »Was meinst du damit?«

»Du behauptest andauernd, dass du mit deiner Show allen beweisen wirst, wie sehr sie sich in dir irren, aber was, wenn …« Sie verstummte.

»Was, wenn sie sich bestätigt fühlen? Wolltest du das sagen? Dass ich kein gutes Bild abgebe?«

»Nein, Flick, doch nicht bewusst. Aber man hört doch immer wieder, wie sehr Realityshows gesteuert werden; da wird so vieles nachträglich bearbeitet. Ich hab doch nur Angst, dass man dich nicht als die präsentiert, die du bist. Dass du dir falsche Hoffnungen machst. Und dann wirst du verletzt.« Sie biss sich auf die Unterlippe. »Ich sag dir was: Es ist noch kein endgültiges Nein, aber bevor wir eine Entscheidung treffen, will ich, dass du die Vor- und Nachteile dieses Pilotfilms für mich notierst, einverstanden?«

»Okay.« Ich nickte. »Das klingt fair.«

»Und du musst absolut ehrlich sein«, betonte sie. »Überleg dir das alles ganz genau, und dann unterhalten wir uns noch mal, ja?«

Also tat ich, worum sie mich gebeten hatte, und am nächsten Morgen legte ich das Folgende auf ihren Schreibtisch:

Gründe, warum wir JA sagen sollten zu Flicks Realityshow:

1. Flicks Ruf ist derzeit wegen des Handtaschen-Skandals und weil sie unerlaubt Vögel gefüttert und eine Passantin beleidigt hat, UNTERIRDISCH. Die Show wird alles wieder zum Guten wenden, man wird Flick wieder mögen!
2. Das Gleiche gilt für Fritz.
3. Die Show wird den FIESEN Leuten an der Schule, die FIESE Dinge über Flick in der Schülerzeitung

verbreiten wollen, Einhalt gebieten und diese FIESEN Leute davon abhalten, Flicks Freunde gegen sie aufzuhetzen. (Ich werde keine Namen nennen, weil das nicht meine Art ist. Aber diesmal ist Ella wirklich zu weit gegangen.)

4. Die Show wird Flick KARRIERETECHNISCH FÜR DIE ZUKUNFT WEITERE CHANCEN eröffnen, zum Beispiel (aber nicht ausschließlich) die Entwicklung von Parfüm- und Modelinien, lukrative Buchverträge und Einladungen in den Dschungel, um Käfer zu essen.
5. Das alles ist AUSGEZEICHNETE PUBLICITY für das wunderschöne Hotel Royal – die Leute sehen sich die Serie an und kommen dann aus allen Teilen der Erde angeströmt, um hier zu übernachten, daher ist es GUT FÜRS GESCHÄFT!

Gründe, warum wir NEIN sagen sollten zu Flicks Realityshow:

1. Die Show könnte stark manipuliert werden, sodass Flicks Ruf MÖGLICHERWEISE noch mehr Schaden nimmt.
2. Das Gleiche gilt für Fritz.

Am Abend desselben Tages kam Mum in mein Zimmer. Ich war gerade schwer damit beschäftigt, mir darüber klar zu werden, ob mir eine Baskenmütze stand oder nicht.

»Du siehst bezaubernd aus.« Sie lächelte, schob sich an mir vorbei und ließ sich aufs Bett fallen, während ich vor dem Spiegel stand und mich betrachtete.

»Wow!«, entfuhr es mir, als ich ihr Outfit sah. Sie trug ein langes blaues Abendkleid und hatte die Haare zu einer hübschen Hochsteckfrisur drapiert, sodass ihre glitzernden Diamantohrringe bestens zur Geltung kamen.

»Findest du?« Sie strich über den Rock ihres Kleides und achtete sorgsam darauf, dass Fritz ihr nicht auf den Schoß hopste. Nach mehrfachem Versuch zog er sich mürrisch in sein Körbchen zurück und schmollte dort vor sich hin. »Wir geben heute Abend ein Gala-Dinner. Hübsche Kappe!«

»›Bezaubernd‹ war nicht unbedingt das, was ich im Sinn hatte«, gab ich zu und wandte mich wieder zu meinem Spiegelbild um. Ich schob die Baskenmütze ein wenig nach links, sodass sie leicht schief saß. »Vielleicht wenn ich sie so trage? Hm, oder besser nicht. Ich sehe ja aus, als würde ich auf die Kadettenschule gehen.«

»Ich habe mir deine Liste angesehen«, sagte Mum, während ich die Mütze auf den Boden warf.

Sofort sprang Fritz auf, um sie zu inspizieren, rollte sich dann aber zusammen und machte es sich darin gemütlich, als wäre sie sein neues Bett, nachdem er festgestellt hatte, dass das Ding nicht essbar war. Manchmal ist er echt richtig erfinderisch.

»Was denkst du?«, fragte ich und setzte mich neben Mum, darauf bedacht, ihr Kleid nicht zu zerknittern.

»Ich denke, es besteht kein Zweifel daran, dass du diesen Pilotfilm drehen willst«, sagte sie seufzend.

»Ja, das will ich.«

»Deshalb bin ich zu dem folgenden Entschluss gekommen.« Sie holte tief Luft. »Ich erteile dir die Erlaubnis für diese eine Pilotfolge, als eine Art Versuch. Nur eine Episode, Flick. Nicht mehr. Und nur, wenn das alles nicht mit der Schule in Konflikt gerät. Sobald wir sehen, wie es läuft und ob du damit klarkommst, überlegen wir uns, wie es mit dem Rest der Serie weitergehen soll.«

Ich schnappte hektisch nach Luft. »Ist das dein Ernst? Ich darf die Show machen?«

»Du darfst den Pilotfilm drehen«, verbesserte sie mich. »Versuchsweise.«

»AAAHHHHHHH!« Voller Freude stürzte ich mich auf sie, schmiss sie rücklings aufs Bett und scheuchte dabei Fritz auf, der plötzlich ganz aufgeregt war. Hastig befreite er sich aus der Baskenmütze, um sich zu uns zu gesellen, und bellte und sprang aufs Bett, um Mum seine kleine feuchte Schnauze ins Ohr zu stecken. »Uff! Fritz, aus!«, rief sie und schob ihn zu mir hinüber.

»Vielen Dank, Mum!« Ich lachte überglücklich, presste Fritz an meine Brust und ließ mir von ihm zufrieden das Gesicht ablecken. »Das sind ja RICHTIG TOLLE Neuigkeiten. Ich rufe sofort Tanya an! Ist Hazel zu Hause? Ich geh gleich und erzähl es ihr!«

»Ich glaube, sie ist heute Abend mit einem Botschafter im Theater«, erklärte Mum mit angespannter Stimme. »Sie hat Matthew heute Morgen damit beauftragt, die Tickets zu besorgen, obwohl sie genau wusste, dass die Vorstellung ausverkauft war. Sie kann von Glück sagen, dass Matthew in solchen Fällen immer weiß, was zu tun ist. Na schön, ich gehe jetzt besser nach unten, bevor die ersten Gäste eintreffen.«

»Vielen Dank, Mum.« Ich umarmte sie noch einmal ganz fest, dann stand sie auf. »Du wirst es nicht bereuen.«

»Ich hoffe nicht«, sagte sie und gab mir einen Kuss auf den Scheitel. »Ach, übrigens, ehe ich es vergesse, ich bin kürzlich zufällig Cal begegnet.«

»Ach ja?« Ich scrollte bereits durch meine Kontakte auf der Suche nach Tanyas Nummer.

»Irgendwie hat er einen leicht geknickten Eindruck auf mich gemacht. Er war auf der Suche nach dir. Er meinte, er hätte versucht, dich anzurufen?«

Ich zuckte gleichgültig mit den Schultern. »Ich war wohl beschäftigt. War bestimmt nicht wichtig. Aber egal, ich wünsche dir einen schönen Abend!«

»Dieser eine Punkt auf deiner Liste ist mir nicht entgangen: Deine Freunde würden sich gegen dich wenden wegen dieses ganzen Handtaschen-Gates und Diva-Schwachsinns«, sagte sie und sah mich mit hochgezogenen Augenbrauen an. »Da dachte ich, ich frag besser nach, ob damit vielleicht Cal gemeint ist.«

»Du kommst zu spät!«

»Ich weiß ja, dass ihr in der Vergangenheit immer wieder eure Differenzen hattet, aber ihr seid zusammen aufgewachsen. Du kannst doch nicht ernsthaft glauben, Cal würde schlecht von dir denken nur wegen so was Dämlichem, oder?«

»Tanya, hi!«, sagte ich, als sie sich meldete. »Ich hab tolle Neuigkeiten!«

Mum nickte und zuckte mit den Schultern, dann zog sie die Tür hinter sich zu und ging. Während Tanyas Jubeln durch die Leitung drang und sie mir erklärte, wie es weitergehen würde, war ich einfach nur erleichtert, dass ich auf Mums Frage Cal betreffend nicht hatte antworten müssen.

Denn die Wahrheit war: Im Augenblick war ich mir absolut nicht sicher, wie die Antwort lauten sollte.

KAPITEL 14

Am nächsten Morgen machte ich mich auf den Weg nach unten in die Lobby, um Frühstück zu organisieren, und erwartete, dass sich die Fahrstuhltüren zu der üblichen heiteren und gelassenen Atmosphäre eines Samstagmorgens hin öffnen würden: Jemand klimperte auf dem Klavier vor sich hin, eine hübsche klassische Melodie; die Portiers grüßten nickend, während sie mit ihren goldenen Gepäckwagen, voll beladen bis obenhin, an mir vorüberzogen; Matthew stand hinter der Rezeption, telefonierte und polierte dabei die Oberfläche, während er sich gleichzeitig die Details zu einer Buchung notierte; und die schick gekleideten Gäste schlenderten in den Speisesaal und bewunderten im Vorübergehen die frischen Blumenarrangements, als wären sie über Nacht in der Lobby erblüht.

Aber das war es nicht, was mich erwartete.

Als sich die Lifttüren öffneten, trat ich stattdessen hinaus in einen Wirbelsturm aus Lärm und Chaos.

Da waren all diese Männer und Frauen in schwarzen T-Shirts, die lautstark in Headsets sprachen und sich gegenseitig herumkommandierten, während die Gäste ihnen mit interessierten Mienen auswichen. Eine Ansammlung von Leuten stand direkt vor der Rezeption, haufenweise Kameras und tontechnisches Equipment im Schlepptau. Sie unterhielten sich mit Audrey, die recht angespannt wirkte und so aussah, als fühlte sie sich nicht wohl in ihrer Haut, während Matthew immer wieder höflich darum bat, doch bitte keine Kameras auf dem Empfangstresen abzulegen, da dies Spuren hinterlasse.

»Was zum ...«, entfuhr es mir, und ich blieb wie angewurzelt stehen, um mir das anzusehen.

»Flick! Da bist du ja!« Tanya winkte mir zu und kam mit Michael herbeigeeilt, wobei sie auf eine große, gertenschlanke Frau mit einem präzise geschnittenen Bob deutete, die in einem maßgeschneiderten Hosenanzug steckte. »Das ist Francine, sie ist die Regisseurin deines Pilotfilms. Francine, das ist Flick.«

»Freut mich, dich kennenzulernen«, sagte Francine geschäftsmäßig, ehe sie einem der Crewmitglieder auftrug, ihre Tasche zu holen.

»Was ist hier los?«, fragte ich, während ich Francine die Hand schüttelte.

»Du drehst eine Fernsehserie, schon vergessen?«, meinte Tanya lachend. »Wir sind bereits in den Vorbereitungen und sehen uns schon mal nach den besten Locations um. Francine muss genau wissen, wo welche Szene gedreht werden soll.«

»Wer sind all diese Leute? Weiß Mum denn, dass Sie hier sind?«

»Keine Sorge. Hazel ist hier irgendwo. Ah, da sehe ich sie schon!« Michael winkte meiner Tante zu, die einigen der Crewmitglieder gerade die Kronleuchter zeigte und erklärte, von wo aus man den besten Blick auf den Rezeptionsbereich hatte.

»Flick, da bist du ja endlich!«, sagte sie, stöckelte auf mich zu und küsste mich auf beide Wangen. »Keine Sorge, Francine, wir kümmern uns schon noch um ihre Garderobe, bevor wir anfangen zu filmen. Tanya, Sie wollten doch einen Make-up-Artist organisieren, oder? Wir müssen zusehen, dass ihre Augen richtig gut zur Geltung kommen. Also, wann wollten Sie über den Inhalt sprechen? Flick und ich haben schon jede Menge Ideen.«

»Ich –«

»Wo ist denn dieser … wie heißt er doch gleich?«, fragte Hazel ungeduldig und schnitt mir das Wort ab. »Du weißt schon, dieser Butler, Thomas oder so.«

»Timothy? Er ist kein Butler, er ist –«

»Ah, da ist er ja! Francine, das ist Thomas. Er ist Flicks Butler.«

Timothy schaute mindestens genauso verdutzt drein wie ich, als er pflichtschuldig zu uns herüberkam, um Francine zu begrüßen.

»Timothy ist nicht mein Butler«, korrigierte ich meine Tante. »Sondern er ist einer der besten –«

»Flick.« Jetzt kam auch noch Audrey angestöckelt. »Wir müssen –«

»Wir haben jetzt keine Zeit für irgendwelche nebensächlichen Details.« Hazel seufzte entnervt. »Welches Konferenzzimmer ist denn momentan frei, damit Francine und ich die Einzelheiten besprechen können?«

»Sie haben keinen Konferenzraum für heute Vormittag gebucht«, teilte Audrey ihr ungerührt mit und warf mir dabei einen Blick zu. »Es tut mir leid, aber sie sind alle belegt. Vielleicht können wir Sie woanders unterbringen? Außerdem wäre ich dankbar, wenn die Crew sich vom Rezeptionsbereich fernhalten könnte. Unsere Gäste fühlen sich gestört. Wir sind davon ausgegangen, dass dies selbstverständlich wäre.«

»Natürlich«, beeilte Tanya sich zu sagen und bedachte Michael mit einem nachdrücklichen Nicken, woraufhin dieser sofort losstürzte und geschäftig in sein Headset sprach.

»Wir müssen auch einige Aufnahmen vom Hotel machen«, sagte Francine. »Das wird nicht lange dauern.«

»Nun, vielleicht könnten Sie dies zu einem passenderen Zeitpunkt tun, sagen wir, in den frühen Morgenstunden, wenn nicht so viele Gäste unterwegs sind. Sicher stören die dabei nur. Sie dürfen mich jederzeit anrufen und einen Termin mit mir vereinbaren«, erklärte Audrey mit fester Stimme. »Tanya, soll ich Ihnen und Michael dabei behilflich sein, die Crew aus dem Hotel zu eskortieren?«

Eines der eindrucksvollsten Talente von Audrey war es, dass sie einem exakt sagte, was man zu tun hatte, es aber in Form einer Bitte vorbrachte.

»Ich hatte gehofft, ihnen eine Führung durch das Hotel anbieten zu können«, wandte Hazel in frostigem Ton ein.

»Natürlich, seine Geschichte ist ja auch faszinierend, und die Innenausstattung wird sich gefilmt wunderbar machen, daran habe ich keinen Zweifel. Wir können natürlich gern auch einen Termin für eine Führung vereinbaren, das ist kein Problem. Tanya, Sie haben ja meine direkte Durchwahl, nicht wahr?«

Audrey war außerdem ein Ass darin, nicht einen Millimeter nachzugeben.

»Tja, dann …«, schnaubte Hazel von oben herab, während sie zusah, wie Audrey Tanya begleitete, um die Kameraleute aus dem Rezeptionsbereich wegzuscheuchen, »in diesem Fall, Francine, könnten wir doch mit Flick frühstücken gehen, und Sie präsentieren uns Ihre Ideen für die Show, einverstanden?«

»Wunderbar.«

»Thomas, könnten Sie bitte einen Tisch für uns vorbereiten …«, flötete Hazel mit einem zuckersüßen Lächeln.

Timothy nickte, während ich entschuldigend zu ihm aufsah.

»Wie du dir sicher vorstellen kannst, Flick, ist die Welt des Realityfernsehens ein hart umkämpfter Markt«, erklärte Francine mir, als wir am Frühstückstisch Platz nahmen und Timothy uns sofort Servietten auf den Schoß legte. »Es gab schon Pilotfolgen zu Realityshows über das Leben von Personen, die viel stärker im Licht der Öffentlichkeit standen als du, und selbst die sind gescheitert. Wenn wir wollen, dass deine Serie zum durchschlagenden Erfolg wird, dürfen wir uns keine Fehler erlauben.«

»Äh, okay.« Ich nickte.

»Flick ist offen für neue Ideen, Francine«, erklärte Hazel, während Timothy ihr einen frisch gepressten Orangensaft einschenkte. »Sie weiß genau, wie wichtig das hier für ihre zukünftige Karriere ist.«

»Erbin eines Hotels, das ist ein guter Aufhänger, damit kann man arbeiten, aber ein Selbstläufer wird es wohl nicht. Wir brauchen Drama, wir brauchen Tränen, wir brauchen aufregende Abenteuer. Genau wie in diesem Videoblog.« Francine gab eine Ladung Zucker in ihren Kaffee, den man gerade vor ihr abgestellt hatte. »Verstehst du, Flick?«

»Ich denke schon.«

»Ich bin mir sicher, Sie sind bereits darüber informiert, dass Flick sehr gut mit Skylar Chase befreundet ist. Derzeit hält sie sich in L. A. auf, aber das lässt sich jederzeit ändern. Und sie ist nur eine von Flicks prominenten Freunden, die allesamt liebend gern bereit wären, in ihrer Show aufzutreten.«

»Ach, wirklich?«, krächzte ich. Hazel warf mir einen warnenden Blick zu. »Ich meine, natürlich würden sie das! Klar. Viele prominente Freunde. Sie sind alle voll die glamourösen Stars.«

»Fantastisch. Nun, Tanya hat erwähnt, du wohnst in einer Wohnung im obersten Stockwerk des Hotels?«

»Ja«, bestätigte Hazel, ehe ich antworten konnte. »Aber es gibt da einige schicke Suiten im Hotel. Die würden meiner Meinung nach besser zur Ästhetik der Show passen. Eine solche Suite könnte man doch ersatzweise zu ihrem Zimmer umfunktionieren.«

»Wunderbar«, pflichtete Francine ihr bei.

»Aber das wäre dann ja nicht mein Zimmer.«

Sie sahen mich beide verständnislos an und blinzelten nur.

»Flick, es geht nicht allein um die Ästhetik, sondern auch darum, deine Privatsphäre zu schützen. Wenn wir dich in deinem richtigen Zimmer filmen, fühlst du dich vielleicht etwas zu sehr bedrängt«, erklärte Hazel in ernstem Ton.

»Außerdem ist dein Zimmer etwas zu klein für die vielen Kameras, die passen da ja gar nicht rein. Findest du nicht auch?«

»Ja, da ist was dran.«

»Dann wäre das also abgemacht«, sagte Francine.

»Haben Sie schon eine ungefähre Vorstellung, wie Sie die einzelnen Episoden gliedern wollen, Francine?«, erkundigte sich Hazel.

»Wir wollen dem Publikum vor allem Flicks Welt näherbringen: ihre Freunde, das Hotel, ihr übersprudelndes Temperament. Wir wollen Spaß, interessante Entwicklungen, und alles soll am Ende jeder Episode zum großen Finale führen, welches reichlich Gelegenheit für große Dramen bietet. Ah, da kommen Tanya und Michael.«

Sie kamen durch den Speisesaal auf uns zugeeilt, um sich zu uns zu gesellen, und beide wirkten ziemlich aufgeregt.

»Alles geregelt!« Mit einem Lächeln im Gesicht nahm Tanya Platz. »Francine, ich konnte noch einen Termin für die Aufnahmen vom Hotel vereinbaren. Michael hat ihn bereits in deinen Kalender eingetragen.«

»Ich habe außerdem sämtliche Räume aufgelistet«, fügte Michael hinzu und wedelte mit seinem Handy. »Ich sehe sie mir noch heute Vormittag an, dann können wir uns überlegen, wie wir vorgehen.«

»Gute Arbeit«, sagte Francine. »Effizient wie immer. Wir sprachen gerade über die Pilotfolge. Ich persönlich finde es am besten, einfach mit den Ideen loszuschießen und zu sehen, was sich daraus entwickelt. Einverstanden?«

»Klingt toll!« Hazel strahlte.

»Ich bin dabei.« Tanya lächelte ebenfalls.

»Ich auch«, rief Michael begeistert.

Sie alle drehten sich zu mir und sahen mich an. »Äh. Ich auch …«

»Bereit?« Francine holte tief Luft, ehe sie anfing, rhythmisch mit den Fingern zu schnippen. »Und LOS!«

»Flick versucht sich als Fotomodell!«

»Ausgezeichnet! Kontakt zu einer Agentur herstellen!«

»Flick geht Ski fahren!«

»Viel zu kalt und viel zu kostspielig. Nächster Vorschlag!«

»Flick nimmt ein eigenes Album auf!«

»Viel zu vorhersehbar! Der nächste!«

»Flick rettet die Wale!«

»Der Gedanke gefällt mir, aber wir sollten es nicht übertreiben.«

»Flick rettet ein Kätzchen?«

»Besser. Viel besser.«

»Flick fängt was mit einem Jungen an!«

Fast hätte ich mich an meinem Orangensaft verschluckt, als ich das hörte, weshalb sie mich alle irritiert ansahen, als ich den ganzen Tisch vollspritzte.

»Tut mir leid«, krächzte ich, während Timothy auf mich zugestürzt kam, um mir auf den Rücken zu klopfen.

»Wie wäre es, wenn Flick zum großen Finale eine riesige Party steigen lässt?«, schlug Hazel vor. »Die Männer im Smoking, die Damen im Abendkleid, mit viel Prominenz, und der Tatler bringt die Exklusivstory dazu.«

»Perfekt!«, jubelte Francine, als ihr Handy plötzlich ein lautes Piepen von sich gab. »Ah, wir müssen uns sputen. Ausgezeichnete Arbeit, das war großartig!«

Hastig verabschiedeten sich alle voneinander, Küsschen wurden auf Wangen gehaucht, dann waren plötzlich alle fluchtartig verschwunden – Hazel war mit ihnen gegangen, um sie nach draußen zu begleiten, und auf einmal saß ich mutterseelenallein am Tisch.

»Weißt du was, Timothy?«, sagte ich, stand auf und half ihm, den Tisch abzuräumen, damit neue Gäste Platz nehmen konnten. »Ich kann wirklich guten Gewissens sagen, dass ich absolut KEINE Ahnung habe, was da eben passiert ist.«

Er lachte. »Ich auch nicht, Flick. Keinen blassen Schimmer.«

Aber mir war das total schnuppe. Denn ich sollte meine eigene Fernsehshow bekommen.

Und dann war alles wieder PERFEKT.

KAPITEL 15

Als in der darauffolgenden Woche auch noch Sky nach London kam, schien alles perfekt, besser ging es gar nicht mehr.

Eigentlich sollte es eine Riesenüberraschung werden, sie versteckte sich extra hinter einer der großen Blumenvasen in der Eingangshalle, als ich von der Schule nach Hause kam. Sie breitete die Arme aus und rief aus vollem Halse »ÜBERRAAAAAAASCHUUUUUUNG!«.

Ich verdarb ihr die Freude nur ungern, aber wenn man ein weltbekannter Popstar ist, ist es nicht ganz einfach, irgendwo anzukommen, ohne gesehen zu werden. Die Nachricht, dass sie in Heathrow gelandet war, hatte über die sozialen Medien bereits die Runde gemacht, und Grace, die total besessen vom neusten Promi-Klatsch war, hatte sich schon in der kleinen Pause heute Morgen nicht mehr eingekriegt, mir ihr Handy unter die Nase gehalten, auf dem ein Tweet von irgendjemandem zu lesen war, und nicht mehr aufgehört zu kreischen.

Trotzdem versuchte ich, ganz erstaunt zu tun, als Sky hinter der Vase hervorsprang.

»OH MEIN GOTT, WOW, WAS FÜR EINE ÜBERRASCHUNG!«, rief ich. »ICH HATTE JA KEINE AHNUNG! UNGLAUBLICH! HÖRT MAL ALLE HER, SKY IST HIER!«

Als sie Matthew hinter der Rezeption kichern hörte, ließ sie enttäuscht die Arme sinken. »Okay. Wie lange weißt du es schon?«

»Nein, nein, ich hatte echt keinen blassen Dunst! Ich bin völlig sprachlos!«

»Wenn du wirklich deine eigene Fernsehshow bekommen solltest, musst du an deinen Schauspielkünsten arbeiten.« Sie grinste und fiel mir um den Hals. Wegen ihrer hohen Absätze musste sie sich zu mir runterbeugen. »Wie geht's dir?«

»Ich bin ziemlich im Stress und sehr gefragt. Und du?«

»Ach, weißt du ...« Sie seufzte dramatisch und fuhr sich mit einer Hand durch die dicken schwarzen Locken. »Ich arbeite gerade an einer neuen Hitsingle.«

»Deine letzte fand ich richtig toll.«

»Die Kritiker waren der Meinung, es hätte ein bisschen an Gefühl gefehlt. Vielleicht wären meine Songs etwas emotionaler, wenn mein Freund sich mal dazu herabließe, mich anzurufen.«

»Dazu kann ich nichts sagen, aber eins kann ich dir versichern: Die Kritiker IRREN sich. Grace und ich können den Text in- und auswendig. Willst du, dass ich ihn dir vorsinge?«

»Wer könnte so ein Angebot ausschlagen?« Sie grinste mich dankbar an. »Bist du zu beschäftigt und wichtig, um am Wochenende was mit mir zu machen?«

»Ich muss erst meinen Assistenten Fritz fragen, der kümmert sich um meine Termine. An wann hattest du denn gedacht?«

»Samstagnachmittag? Eine Runde Wellness?«

»Da haben wir leider Schulfest.« Ich rollte mit den Augen. »Ausgerechnet am ersten Ferientag. Die Lehrer wollen uns trotzdem zwingen, zur Schule zu kommen. Unglaublich, oder? Ich habe mich blöderweise bereit erklärt, am Cupcake-Stand auszuhelfen.«

Skys Augenbrauen wanderten nach oben. »Sie lassen dich was backen?«

»Hey! Ich bin eine spitzenmäßige Bäckerin!«, protestierte ich. »Aber keine Sorge, ich bin nicht für das Backen der Cupcakes zuständig, ich soll sie nur für einen guten Zweck verkaufen.«

Plötzlich tauchte Hazel hinter Sky auf, dicht gefolgt von Timothy, der mehrere große Hutschachteln heranschleppte.

»Sky, kennst du meine Tante schon? Das ist Hazel.«

»Tatsächlich war deine Tante es, die meine Reise hierher organisiert hat«, erklärte Sky freudestrahlend, während Hazel sich uns näherte.

»Sky, Liebes, wie gefällt dir dein Zimmer?«, erkundigte sie sich.

»Alles perfekt, wie immer. Flick, ist deine Mom in der Nähe? Ich bin ihr noch nicht über den Weg gelaufen, und ich würde ihr gern danken. Sie hat so eine nette Willkommenskarte auf meinem Kissen hinterlassen.«

»Oh, Christine hat heute leider ein Meeting nach dem anderen«, stöhnte Hazel und krempelte die Ärmel ihres Seidenmantels hoch. »Arbeit, Arbeit, nichts als Arbeit. Etwas anderes interessiert sie nicht. Ich finde das höchst unverantwortlich.«

Sky und ich grinsten uns verstohlen zu. Ich hatte ihr bereits von Hazels ständigen Streitereien mit Mum erzählt, sie fand das alles irre komisch.

»Sky«, fuhr Hazel fort. »Die Produzenten der Show wollen dich gern filmen, wie du ins Hotel kommst, wo Flick dich schon erwartet. Wenn es für dich okay ist, drehen wir die Szene morgen. Ich vereinbare einen Termin mit deiner Assistentin, aber sehr wahrscheinlich werden wir das schon in aller Frühe machen müssen. Flick hat am Nachmittag dummerweise schulische Verpflichtungen, dabei sind doch eigentlich Ferien. Also ehrlich, das Bildungssystem heutzutage ist die reinste Katastrophe.«

»Das Schulfest, ja. Ich habe schon davon gehört. Kein Problem.« Sky nickte. »Wird das lange dauern?«

»Du gehst im Grunde nur durch die Tür.« Ich lachte. »Das kann ja wohl nicht so aufwendig sein, oder?«

Tja, von wegen. Falscher hätte ich gar nicht liegen können.

Ich lernte sehr schnell, dass in der Welt der Fernsehproduktionen nicht einfach nur jemand durch die Tür geht, wenn jemand durch eine Tür gehen soll.

Dazu braucht man unter anderem Folgendes:

- zwei Make-up-Artists
- einen Hair-Stylisten
- einen Klamotten-Stylisten
- eine fünf Personen starke Kameracrew
- zwei Tontechniker
- eine Regisseurin
- eine Produzentin und ihren Assistenten
- einen Lichttechniker
- mindestens eine Person mit einem Klemmbrett in der Hand, nur dass nicht ganz klar ist, wozu die eigentlich da ist und was sie genau macht

Hinzu kamen viele STUNDEN mit der immer gleichen Kameraeinstellung, in denen Sky durch die Tür ging und sagte: »Rate mal, wer eben in London gelandet ist!«, während ich dastand und antwortete: »Sky! *Du* bist hier!«, wieder und wieder und wieder, bis keines der Worte mehr einen Sinn ergab.

»Geht das denn ewig so weiter?«, fragte ich und brach auf einem der samtenen Sessel in der Lobby zusammen, während

Sky sich auf den daneben plumpsen ließ. Meine Füße brachten mich um in diesen hohen Schuhen, die sie mir zu meinem Styling verpasst hatten. Ich konnte mich kaum auf den Beinen halten darin.

»Bei meinen Musikvideos läuft es manchmal ähnlich«, gab Sky zu und griff dankbar nach der Wasserflasche, die ihr jemand hinhielt. »Du wärst überrascht, wie lange es manchmal dauert, bis so eine Szene perfekt sitzt.«

»Die letzte Aufnahme war prima, Mädchen«, verkündete Hazel und sah auf die Uhr. »Francine sagt, für heute wäre es geschafft. Ich bin sehr stolz auf dich, Flick, gut gemacht. Du warst beim letzten Mal viel natürlicher vor der Kamera. Die ersten Versuche waren etwas ... steif. Ich denke, wir sollten dich morgens vor den Aufnahmen zur Massage anmelden; damit deine Schultern möglichst entspannt sind.«

»Auf einmal habe ich total Respekt vor allen Reality-TV-Stars«, sagte ich und öffnete den Riemen an meinem Schuh. »Ich hatte ja keinen Schimmer, wie viel Arbeit man reinstecken muss, damit das alles ... möglichst *echt* wirkt.«

»Warum ziehst du denn deine Schuhe aus?«, wollte Hazel wissen.

»Du hast doch gesagt, für heute lassen wir es gut sein.«

»Mit den Aufnahmen sind wir fertig, ja, aber das bedeutet noch lange nicht, dass du in deinen Schlafanzug schlüpfen kannst.«

»Ich wollte ja auch nicht gleich meinen Schlafanzug anziehen, ich wollte nur meine Schuhe aus–«

»Wir gehen zu Abend essen, und anschließend haben wir einen Termin bei Lewis Blume. Der kümmert sich um deine Garderobe für die Filmaufnahmen in den kommenden Wochen. Ausgezeichnete Publicity für ihn, versteht sich, aber ich schätze, nach dem Handtaschen-Gate bist du ihm etwas schuldig. Sky, ich habe mit deiner Assistentin gesprochen, sie hat deine Nachmittagstermine verschoben, damit du uns begleiten kannst.«

»Wenn du das möchtest«, fügte ich hinzu.

»Sehr gern.« Sie lächelte. »Solange ich nie wieder ›Rate mal, wer eben in London gelandet ist‹ sagen muss.«

Hazel bestand darauf, uns in eines der besten Restaurants in ganz London auszuführen; sie bat Matthew, dort für uns zu reservieren. Als er sie daran erinnerte, dass er kaum eine Chance hatte, so kurzfristig einen Tisch zu bekommen, klimperte sie nur mit den Wimpern und säuselte: »Ich bitte Sie, Martin. Wir wissen doch beide, dass Sie ein unglaubliches Talent dafür haben, Ihre Beziehungen spielen zu lassen und mir den besten Tisch der ganzen Stadt zu besorgen.«

Er zog die Augenbrauen nach oben, weil sie ihn mit Martin ansprach, sagte aber dennoch, er werde sehen, was er tun könne, und nur wenige Minuten später teilte er uns mit, es sei ihm gelungen, eine Reservierung zu tätigen.

»Wie haben Sie das nur angestellt?«, fragte ich voller Bewunderung, als Hazel sich gerade mit Sky unterhielt.

Er tippte sich an den Nasenflügel. »Ich habe da so meine Methoden.« Er warf einen Blick zu Hazel, die nun Timothy bat, ihren Mantel zu holen. »Flick, wenn du dich mit irgendetwas nicht wohlfühlst, kannst du dich jederzeit an mich oder Audrey wenden. Du musst nur den Mund aufmachen, dann nimmt alles wieder den gewohnten Gang.«

»Matthew, warum sollte ich das wollen? Vorher war doch alles total schrecklich, und jetzt ist es einfach nur genial!«

»Ach ja? War es wirklich so schlimm?«

»Wissen Sie nicht mehr, wie im Internet über mich gelästert wurde? Man hat mich als Handtaschen-Hooligan beschimpft!«

»Als was?«

»Ach, egal. Der Punkt ist der: Diese Show ist genau das, was ich jetzt brauche. Das ist die perfekte Gelegenheit, allen zu zeigen, wer ich wirklich bin. Die werden schon noch sehen, dass sie sich in mir getäuscht haben.«

»Nun, wenn du dir da so sicher bist. Aber wenn du je irgendwelche Bedenken hast, komm zu mir.«

»Danke, Matthew. Und vielleicht könnten Sie Ihrem Sohn gegenüber erwähnen, wie beeindruckt Sie von mir sind, weil ich so hoch motiviert und überhaupt nicht divamäßig bin.«

»Ich bin mir sicher, Cal weiß das längst. Und überhaupt ...«, er lächelte und senkte die Stimme, sodass nur noch ich ihn hören konnte, »ganz unter uns, Cal fand diesen Hauch von Diva bei dir immer total toll.«

»Kommst du jetzt, Flick!«, rief Hazel mir durch die Lobby zu. »Martin, wären Sie so freundlich, uns ein Taxi zu rufen?«

Ich hatte ganz vergessen, wie es war, mit einer so berühmten Persönlichkeit wie Sky gesehen zu werden. Aber kaum betraten wir das Restaurant, war alles wieder da. Sofort senkte sich der Geräuschpegel zu einem gedämpften Raunen, als wir durch den Speisebereich an unseren Tisch geführt wurden, und auch wenn die Leute sich Mühe gaben, es zu verbergen, entging mir nicht, dass sich nun unzählige Handykameras auf uns richteten.

Die Sache ist die: Selbst wenn man sich nicht absolut sicher war, wer Sky sein mochte – sagen wir, wenn man lange total hinter dem Mond gelebt hatte oder so –, hätte man zumindest geahnt, dass sie jemand Berühmtes war, einfach nur wegen ihres Auftretens. Einmal habe ich mich schiefgelacht, als Cal sie als »strahlend« bezeichnete, denn, mal im Ernst, das klingt doch voll nach altem Opa. Obwohl das Wort schon recht gut passte, um ihre Persönlichkeit zu beschreiben. *Ihr* würde so eine Baskenmütze jedenfalls ausgezeichnet stehen.

Wenn man sich aber mit ihr unterhielt, vergaß man trotzdem schnell, dass sie berühmt war. Wie bei diesem Essen, als sie Hazel und mir von den Höhen und Tiefen ihrer Beziehung erzählte.

»Sky ist mit Prinz Gustav Xavier III. zusammen«, informierte ich Hazel, die extrem beeindruckt wirkte.

»Dieser charmante europäische Prinz, den Flick überfallen hat?«

»Genau der.« Sky seufzte. »Obwohl ich mir nicht sicher bin, ob ich ihn aktuell als ›charmant‹ bezeichnen würde. Er redet kaum ein Wort mit mir.«

»Vielleicht ist er einfach irre beschäftigt«, schlug ich vor. »Du weißt schon, jetzt, da er weiß, wie man mit Instagram umgeht und all so was. Das ist alles ganz schön zeitraubend, sag ich dir.«

»Auf einmal ist er total distanziert, und ich weiß gar nicht, warum«, erklärte sie kleinlaut. »Ich habe nicht die leiseste Ahnung, was ich getan habe. Und dann ist er in letzter Zeit auch noch ständig im Ausland, und ich sitze im Studio fest, um an meinem neuen Album zu arbeiten. Ich hatte gehofft, wenn ich nach London komme … na ja, ich wollte rausfinden, ob er mich dann sehen will.«

»Hast du ihm denn gesagt, dass du hier bist?«

»Noch nicht.« Nervös rutschte sie auf ihrem Stuhl hin und her. »Aber er wird es so oder so erfahren. Ich will einfach nicht diejenige sein, die ihm als Erste eine Nachricht schickt.«

Hazel nickte verständnisvoll. »Nun, sobald er sich meldet, solltest du ihn ins Hotel einladen. Vielleicht möchte er ja sogar in Flicks Show auftreten?«

»Ich verstehe nur nicht, warum er mir aus dem Weg geht.« Sky zuckte hilflos mit der Schulter und ließ den Kopf hängen. »Vielleicht gefällt ihm meine neue Single auch nicht, und jetzt ist er von mir enttäuscht.«

»Unmöglich«, verkündete ich und widmete mich der Speisekarte. »Dein Song ist total genial und geht total ins Ohr. Sogar Cal sagt das, und du weißt genau, wie pingelig und anspruchsvoll er ist, wenn es um Musik geht.«

»Wer ist denn Cal?«, wollte Hazel wissen, nachdem sie Hummer bestellt hatte.

»Matthews Sohn«, teilte ich ihr mit, und als sie mich nur ratlos anstarrte, zwinkerte ich Sky zu und fuhr fort: »Oder sollte ich besser *Martins* Sohn sagen? Er geht auf meine Schule. Du hast ihn vielleicht schon mal gesehen? Er ist öfter im Hotel. Du weißt schon, strubbelige Haare, die aussehen, als hätten sie noch nie einen Kamm gesehen, Grübchen, Kopfhörer auf den Ohren? Normalerweise hat er irgendein Buch unter den Arm geklemmt, von dem noch kein Mensch gehört hat, das er selbst aber total interessant findet.«

»Ich könnte nicht behaupten, dass er mir je aufgefallen wäre«, sagte Hazel, ehe sie sich wieder Sky zuwandte. »Wir denken über eine opulente Veranstaltung mit Abendgarderobe für die Pilotfolge nach. Ich werde mich an die Aufstellung der Gästeliste machen, sobald wir die Details ausgearbeitet haben. Also sieh zu, dass du mir eure Wünsche schön frühzeitig mitteilst. Prinz Gustav werde ich selbstverständlich auch mit aufnehmen. Wie ich hörte, ist er ein ausgezeichneter Tänzer.«

Ich war seltsamerweise enttäuscht und ein bisschen genervt, weil Hazel die Sache mit Cal einfach so übergangen hatte. Sie hatte das Thema ganz schnell wieder fallen lassen. Ich wollte doch schließlich nicht, dass in meiner Show nur Promis wie Sky und Prinz Gustav mitmachten.

Trotzdem schluckte ich meine Verärgerung hinunter und hörte Hazel zu, wie sie Ideen über Ideen für weitere Episoden durchging, bis wir schließlich bei Lewis Blume eintrafen. Er erwartete uns bereits an der Tür, um uns persönlich zu begrüßen.

Auf dem Weg nach drinnen erklärte Hazel ihm, ich bräuchte dringend eine aufregende, neue, ultraschicke Garderobe fürs Fernsehen. Bereitwillig machte er sich sofort an die Arbeit, wies uns an, uns zu setzen, während er und seine Angestellten einzelne Stücke zusammentrugen und Hazel nach draußen ging, um einen wichtigen Anruf entgegenzunehmen.

»Weißt du, an das hier könnte ich mich gewöhnen.« Ich grinste, versank noch tiefer in dem irre bequemen Sofa und bestellte eine Holunderlimonade.

»Wie es aussieht, wirst du das für deine Fernsehshow in Zukunft tatsächlich öfter machen müssen«, sagte Sky, die mir gegenübersaß. »Deine Tante hat das alles schon ganz genau geplant.«

»Ja, sie ist toll. Sie ist im genau richtigen Moment gekommen, um meinen Ruf zu retten. Ich mache mir nur Sorgen, dass der Pilotfilm nicht gut genug wird und die Show dann nicht das nötige Okay kriegt.« Ich nippte an meiner Limo, während Sky mich neugierig musterte. »Das wäre eine tierische Blamage.«

»Wäre es gar nicht.« Sie zögerte. »Weißt du, Flick, du brauchst diese Fernsehshow nicht, um deinen Ruf zu retten.«

Ich schnaubte. »Klar, weil ich das bisher ja so toll hingekriegt habe.«

»Na ja, lass es mich mal so sagen als jemand, der schon lange im Rampenlicht steht: Du brauchst kein Publikum, um herauszufinden, was du ohnehin schon weißt«, erklärte sie ganz behutsam.

Ich verstand nicht ganz, was Sky mir damit sagen wollte, als Hazel plötzlich zur Tür hereingerauscht kam.

»Flick, Liebes, das musst du dir ansehen«, sagte sie und reichte mir ihr Telefon.

@NancyRose
EXKLUSIV: Flick Royal, bekannt für den HANDTASCHEN-GATE-SKANDAL, soll der Star einer Realityshow über ihre DIVA-ALLÜREN werden! Näheres erfahrt ihr schon bald auf meinem Videoblog!

»Oh, oh«, entfuhr es Sky, die über meine Schulter gebeugt mitgelesen hatte. »Schätze, jetzt gibt es kein Zurück mehr!«

KAPITEL 16

Hazel und ich wurden zu einem Notfalltreffen mit Tanya und Francine einbestellt, das im Hotel stattfinden sollte.

Während wir in Hazels Suite auf sie warteten, war ich derart nervös, dass ich mir praktisch sämtliche Fingernägel abkaute. Mum war stinksauer, dass Nancy Rose von der Pilotfolge Wind bekommen hatte, und seit wir zurück im Hotel waren, tigerte sie ununterbrochen nervös in Hazels Suite auf und ab. »Wir wollten nur diesen Pilotfilm drehen und dann entscheiden, ob wir mit der Serie weitermachen oder nicht«, zischte sie wütend.

»Also wirklich, Christine, bei deinem ewigen Herumgerenne wird mir ganz schwindelig«, beklagte sich Hazel, die gerade im Spiegel ihre Frisur überprüfte. »Dachtest du denn ernsthaft, wir könnten das mit der Show lange geheim halten? Bei all den Kameras und der Regisseurin, die Flick auf Schritt und Tritt folgt? Das war ohnehin zum Scheitern verurteilt, erst recht, wo die Presse momentan besonders an ihr interessiert ist. Das war doch zu erwarten. Und überhaupt, wer sagt denn, dass das schlecht sein muss?«

Mum schüttelte nur den Kopf und murmelte leise etwas vor sich hin.

Hazel schüttelte nun ihrerseits den Kopf. »Hast du denn keine Meetings, zu denen du gehen musst?«

»Die kann ich absagen.«

»Nicht nötig. Wir haben hier alles unter Kontrolle, vertrau mir. Ich denke nicht, dass deine Aura gut ist für Flick.«

Mum blieb stehen und funkelte Hazel finster an. »Meine *Aura* ist gut, so wie sie ist.«

»Aber deine schlechte Laune färbt auf alle ab! Was Flick jetzt braucht, ist etwas Ruhe und Gelassenheit«, erklärte Hazel streng, ging zu dem Servierwagen, den der Zimmerservice zuvor gebracht hatte, und nahm eine Porzellantasse mit Untertasse zur Hand. »Ich komme direkt nach dem Meeting zu dir und setze dich über alles ins Bild.«

»Hazel hat recht, Mum«, sagte ich. »Ich will nicht, dass du meinetwegen deinen ganzen Tagesplan über den Haufen wirfst.«

»Ich werde die Meetings absagen, basta.«

»Ehrlich, Mum, das ist nicht nötig. Hazel und Sky sind ja hier, und ich weiß doch, dass du bald diese unheimlich wichtige Präsentation hast. Ich komme schon klar, keine Sorge.« Und dann versuchte ich, ein möglichst unbeschwertes Lächeln aufzusetzen.

Sie seufzte. »Na schön. Aber ich will über *alles* informiert werden. Und es werden keine Entscheidungen ohne mich getroffen, ist das klar?«

»Kristallklar«, sagte Hazel, die gerade Zucker in ihren Tee rührte.

Mum umarmte mich noch, dann verließ sie den Raum. Kaum schloss sich die Tür hinter ihr, wandte ich mich verzweifelt an Hazel.

»Denkst du, Francine und Tanya werden sauer auf mich sein?«

»Sicher nicht«, erklärte Hazel ganz ruhig. »Dass Nancy Rose jetzt schon die Katze aus dem Sack lässt, ändert natürlich einiges, aber ich sehe darin kein Problem.«

»Aber sie vermittelt doch einen völlig falschen Eindruck von der Show«, beschwerte ich mich, und Sky nickte zustimmend. »Warum behauptet sie, es ginge um meine Diva-Allüren?«

»Die würde doch alles behaupten, nur damit die Leute sich ihren Videoblog ansehen. Es geht ihr allein um die Klicks.« Sky seufzte und schüttelte den Kopf. »Woher weiß sie überhaupt von der Serie? Denkst du, jemand hat uns heute Morgen bei den Dreharbeiten beobachtet und es ihr brühwarm erzählt?«

»Nein, ich glaube, dass sie es wieder von ihrer ominösen ›Informantin‹ hat«, schnaubte ich wütend. »Es ist mir neulich beim Redaktionstreffen der Schülerzeitung herausgerutscht. Ich wusste, dass Ella ihr Versprechen nicht halten würde. Die lässt doch keine Gelegenheit aus, um mich schlecht dastehen zu lassen.«

Sky wirkte etwas verwirrt. »Du denkst, Ella versorgt Nancy Rose mit diesen ganzen Geschichten? Das Mädchen, das im letzten Jahr so gemein zu dir war?«

»Wir waren mal beste Freundinnen, Ella kennt also jedes einzelne Detail, das Nancy Rose über mich verbreitet hat. Und kaum erzähle ich Ella von der Show, weiß Nancy Rose Bescheid.« Ich starrte finster vor mich hin. »Das sind mir zu viele Zufälle auf einmal. Denkt ihr, der Pilotfilm wird jetzt abgeblasen?«

»Was um alles in der Welt bringt dich denn auf die Idee?«, fragte Hazel lachend und nahm seelenruhig einen Schluck Tee.

»Tanya hat doch gleich gesagt, dass nicht alle die Show positiv aufnehmen werden. Nach Nancys völlig falscher Darstellung, von wegen, die Show zeige mich als schreckliche Diva, ist es doch unwahrscheinlich, dass die Leute dem Ganzen überhaupt noch eine Chance geben. Sie werden die Show von vornherein ablehnen.« Ich ließ mich zurück in die Sofakissen sinken, und mir wurde ganz schwer ums Herz. »Es ist alles vorbei, bevor es richtig angefangen hat; alle werden mich für jemanden halten, der ich nicht bin.«

»Warten wir doch erst einmal ab, okay?«, sagte Hazel ungerührt und stellte ihre Tasse ab. »Ich habe nämlich so das Gefühl, dass das Durchsickern dieser Information sich noch als vorteilhaft für dich erweisen wird.«

Ich sah sie an, als wäre sie vollkommen plemplem. »Wie denn das?«

Doch bevor sie mir antworten konnte, war ein Klopfen an der Tür zu hören. Hazel stürzte sofort los, um aufzumachen, wirkte aber enttäuscht, als sie draußen nur Grace stehen sah.

»Und wer bist du?«, schnauzte sie.

»Grace!«, schrie ich, sprang auf und rannte quer durchs Zimmer, um sie zu umarmen. Hazel schloss währenddessen die Tür. »Was tust du denn hier?«

»Ich wollte dich abholen, damit wir zusammen zum Schulfest gehen können. Matthew hat mir verraten, dass du hier oben bist«, erklärte sie. »Er hat gesagt, ich soll direkt raufgehen. Ich hoffe, das war in Ordnung.«

Sky stand auf, um sie zu begrüßen. Sie hatten sich zwar bereits beim Weihnachtsball im Hotel näher kennengelernt, aber Grace machte immer noch ganz große Augen vor Aufregung, wenn sie ihren Lieblings-Popstar in echt sah. Und als Sky jetzt auf sie zuging, um sie zu umarmen, sah sie aus, als würde sie jeden Moment in Ohnmacht fallen, so sehr freute sie sich.

»Ich habe den Videoblog von Nancy Rose gesehen und wollte nur sichergehen, dass mit dir alles in Ordnung ist«, sagte Grace besorgt zu mir, als sie sich nach einer hysterischen Kicherattacke wieder halbwegs im Griff hatte.

»Ich habe mir den Blogbeitrag noch nicht mal angesehen. Wie ist er denn?«

Grace biss sich auf die Unterlippe und schwieg.

»Das bedeutet also nicht gut«, jammerte ich und holte mein Handy heraus. »Ich guck ihn mir gleich an.«

»Das solltest du lieber nicht tun«, riet Grace mir und riss mir im selben Moment das Telefon aus der Hand. »Das mit deiner Show ist so aufregend, da solltest du dir das nicht geben, viel zu negativ.«

»Du bist also nicht ihrer Meinung, was meine Diva-Allüren angeht? Du weißt, dass es in der Show nicht darum gehen wird, oder? Sie wird nämlich mein *wahres* Ich zeigen«, sagte ich nervös.

Grace sah mich mit einem überraschten Blinzeln an. »Warum sollte ich irgendetwas glauben, das Nancy Rose über dich sagt?«

»Je öfter sie solche Dinge behauptet, desto wahrscheinlicher wird es, dass die Leute ihr das abnehmen«, erklärte ich und versuchte, möglichst ruhig zu bleiben. »Blöd auch, dass die Geschichten, die Ella über mich weitergetratscht hat, zum Teil sogar wahr sind.«

»Francine und Tanya sind da, Flick«, verkündete Hazel in dem Moment zufrieden und kam vom Fenster her auf uns zu. »Es tut mir wirklich aufrichtig leid, Gertrude, aber Flick hat jetzt ein wichtiges Meeting. Es war wirklich rührend von dir, nach ihr zu sehen.«

»Ihr Name ist *Grace*«, korrigierte ich sie und wurde ganz rot, weil mir das so peinlich war. Zum Glück schien Grace selbst es ganz witzig zu finden. »Und sie kann bleiben.« Ich drehte mich zu ihr um. »Vorausgesetzt, du hast Lust.«

»Schon gut, ich gehe jetzt besser zum Schulfest. Du kommst doch trotzdem nach, oder?«, fragte sie, ehe sie Hazel erklärte:

»Wir haben uns nämlich bereit erklärt, den Cupcake-Stand zu übernehmen.«

»Wie süß. Sie wird es dich rechtzeitig wissen lassen, ob sie es schafft«, antwortete Hazel. »Das hängt ganz von dem Meeting ab.«

Grace nickte. »Nun, dann hoffentlich bis später. Ach ja, übrigens, Olly hat mir geschrieben«, sagte sie noch, als sie schon an der Tür stand. »Ich soll dir ausrichten, er hofft, dass es dir gut geht.«

»Danke«, gab ich zurück, leider etwas abgelenkt, weil Francine und Tanya in diesem Moment den Flur herunterkamen. Ich versuchte, ihre Mienen zu deuten, um einzuschätzen, ob sie mit schlechten oder guten Neuigkeiten kamen, aber sie sprachen beide lebhaft in ihre Mobiltelefone, deshalb war es schwer zu beurteilen.

»Bis später dann«, sagte Grace, winkte mir zum Abschied zu und wich Francine aus, die sich eng an ihr vorbei ins Zimmer schob, ihren Mantel aufhängte und Hazel je ein Küsschen auf beide Wangen hauchte.

»Also«, fing Tanya ohne Umschweife an und nahm neben mir Platz, »die Reaktionen sind überwältigend.«

»Vielleicht können wir eine Presseerklärung rausgeben«, schlug ich in meiner Verzweiflung vor und blickte hilfesuchend zu Hazel. »Darin erklären wir, dass Nancy Rose sich irrt und dass es in der Show nicht um irgendwelche Diva-Allüren geht. Vielleicht besteht dann ja noch Hoffnung.«

»Hoffnung?« Tanya zog verwirrt die Stirn in Falten, während sie gleichzeitig mit beeindruckender Geschwindigkeit eine E-Mail tippte.

»Für die Show. Dann muss sie nicht abgesetzt werden.«

Tanya und Francine blickten beide erstaunt von ihren Handys auf.

»Warum sollte die Show denn abgesetzt werden?«, fragte Francine.

»Weil … Na, ich dachte wegen dieses Notfalltreffens nach dem Tweet von Nancy Rose …« Ich verstummte.

»Flick, die Reaktionen waren überwältigend *gut*«, teilte Tanya mir mit funkelnden Augen mit. »Momentan wird deine Show extrem heiß gehandelt.«

»Heiß gehandelt? Meine Show?« Verstört warf ich Sky einen Blick zu. »Ernsthaft?«

»Nancy Rose hat uns einen RIESENGROSSEN Gefallen getan«, meinte Francine nickend und widmete sich wieder ihrem Handy. »Sie hat für helle Begeisterung für das Projekt gesorgt.«

»So etwas hatte ich schon erwartet.« Hazel strahlte und wirkte ungefähr so erleichtert, wie ich mich fühlte.

»Wir haben dieses Treffen einberufen, um die weiteren Schritte zu besprechen, was die Publicity-Maßnahmen betrifft. Wir haben zwar noch nicht ganz so viel Material, wie wir uns erhofft hatten –«, sagte Tanya, ehe sie von Hazel unterbrochen wurde.

»Das wird sich natürlich jetzt ändern, da Flick Ferien hat. Diese Woche ist entscheidend für die Dreharbeiten, momentan hat sie keine Termine«, erklärte Hazel hastig.

»Die Kameracrew könnte gleich heute Nachmittag loslegen«, antwortete Francine, die gerade eine Tabelle durchging. »Dem Terminplan nach, den Sie mir geschickt haben, Hazel, soll Flick am Nachmittag mit einer Gruppe von befreundeten Videobloggern über ihren Urlaub in Cannes sprechen. Ist das immer noch aktuell?«

»Hä?« Fragend sah ich Hazel an. »Ich fliege nach Cannes?«

»Natürlich!« Hazel lachte. »Und ich habe eine ganz tolle Auswahl von Leuten an der Hand, die du dazu einladen kannst. Ich bin mir sicher, einer von ihnen hat heute Nachmittag Zeit, um mit dir darüber zu plaudern, wie aufgeregt du wegen dieses Urlaubs bist. Es sei denn, du hättest jetzt Zeit, Sky, und könntest das übernehmen?«

»Sollst du Grace nicht eigentlich am Cupcake-Stand helfen?«, fragte Sky mich.

»Ja, eigentlich schon ...«, erwiderte ich nervös. Ich wollte Grace nicht hängen lassen, aber ich wollte auch den Terminplan für die Dreharbeiten nicht durcheinanderbringen und Francine verärgern. »Vielleicht kriegen wir ja beides hin?«

»Liebes«, sagte Hazel mit einem leicht gequälten Gesichtsausdruck. »Ich bezweifle doch stark, dass sich irgendjemand für dein Schulfest interessiert. Wir reden hier von deinem Pilotfilm; der muss einfach überragend werden.«

»Aber beim Schulfest können Sie meine Freunde kennenlernen«, sagte ich und gewann mehr und mehr an Selbstvertrauen, als mir klar wurde, dass es EXAKT das war, was die Leute sehen sollten: wie ich am Cupcake-Stand auf dem Schulfest mithalf.

Nicht als Handtaschen-Hooligan, Diva und Vogelhasserin, so jemand würde sich niemals hinter einen Cupcake-Stand stellen.

Hazel schürzte zweifelnd die Lippen, doch Tanya nickte. »Ich denke, ein kleiner Einblick in deinen schulischen Alltag wäre ganz nett. Und sicher wäre es toll zu sehen, wie deine Freunde so sind. Wenn du einverstanden bist, Francine, gehe ich schon mal los und spreche mit der Schulleitung wegen der Dreherlaubnis auf dem Schulgelände.«

»Wunderbar!«, erwiderte sie, starrte aber unbeirrt weiter auf ihr Handy. »Könntest du mir auch gleich einen Wagen besorgen? Ich muss dahin und mir die Umgebung ansehen, damit wir wissen, womit wir arbeiten können.«

Francine und Tanya erhoben sich von ihren Plätzen und machten sich auf den Weg, wobei beide ihre Telefone zückten und irgendwelche Nummern wählten. Und während sie schon aus dem Raum tänzelten, riefen sie uns noch zu, wir würden uns dann auf dem Schulfest sehen.

»Tja, das ist zwar nicht ganz das, was ich mir vorgestellt hatte, aber ich bin mir sicher, du weißt, was du tust«, bemerkte Hazel, die ebenfalls ihr Handy hervorholte. »Ich rufe gleich bei der Stylistin und dem Make-up-Artist an. Uns bleibt nicht viel Zeit, um dich für die Kamera fit zu machen.«

Ich nickte zufrieden und wurde ganz aufgeregt bei dem Gedanken an das, was mich erwartete. Ich bekam einen richtigen Kick, wenn ich mir überlegte, wie beeindruckt alle sein würden, wenn sie mich beim Schulfest mithelfen sahen, mit einer kompletten Kameracrew um mich herum, begleitet von Produzentin und Regisseurin. Die anwesenden Schüler würden sofort wissen, dass Nancy Rose das Konzept der Show total missverstanden hatte, und dann konnten sie alle losziehen und das auf Twitter und Instagram weiterverbreiten.

Und dieses Mal würde es keine wütenden Tauben, Parkwächter oder einzigartige Designerhandtaschen geben, die mir in die Quere kämen und meinen genialen, so gar nicht divahaften Plan ruinierten.

Ich hatte alles absolut unter Kontrolle.

KAPITEL 17

Die Schulfeste fand ich immer schon sterbenslangweilig. Das einzig interessante Mal war damals, als Ella und ich uns an einem der Stände dieses Luftschlangenspray gekauft und es komplett über Mr Grindles Auto verteilt hatten. Er drohte damit, den gesamten Jahrgang nach den Ferien zum Nachsitzen zu verdonnern, sofern der Schuldige sich nicht freiwillig stellte, deshalb mussten wir wohl oder übel gestehen. Aber die Sache war die zwei Wochen Nachsitzen absolut wert. Das war eine Show, wie er mit seinen Straußenbeinen angerannt kam und das Chaos sah, das wir angerichtet hatten. Ella bettelte eine Woche lang jeden Morgen, ich solle ihn doch bitte noch mal nachmachen.

Schon komisch, wenn man sich überlegt, wie nahe wir uns damals gestanden hatten, zumindest hatte es sich für mich so an gefühlt. Jetzt schien es, als würde sie nur darauf lauern, dass mir etwas Übles passierte, damit sie nachhelfen und mich noch schlechter dastehen lassen konnte. Tja, Menschen verändern sich.

Abgesehen von dem albernen Luftschlangen-Vorfall jedenfalls verliefen die Schulfeste in der Regel recht ereignislos; sie waren nichts als ein Haufen wahllos zusammengewürfelter Stände, die von engagierten Eltern und Lehrern auf einer Wiese aufgebaut wurden oder alternativ in der Aula, wenn es regnete; dazu dröhnte Jahrmarktsmusik aus den Lautsprechern.

Im vergangenen Jahr war ich an Mr Hampton vorbeigegangen, als er gerade mit leuchtend roter Farbe im Gesicht den Schminkstand verließ, und sagte ganz unschuldig: »Sie sehen aber cool aus, Mr H. Was soll das denn darstellen, einen Marienkäfer?«

Er sah mich nur mit ernstlich beleidigter Miene an und entgegnete: »Nein, eigentlich bin ich Spider-Man.«

Und das brachte es im Grunde perfekt auf den Punkt.

Als ich also mit meiner riesigen Gefolgschaft an der Schule ankam, sorgte das verständlicherweise für einen gewissen Aufruhr. Ich entdeckte den Cupcake-Stand und marschierte schnurstracks darauf zu, was allerdings aufgrund der Schuhe, die ich trug, eine gewisse Zeit in Anspruch nahm.

Ich hatte Hazel klarzumachen versucht, dass man sich zum Schulfest eher lässig anzog, deshalb war ich mir nicht sicher, ob das mit den hohen Absätzen so eine gute Idee gewesen war, aber sie hatte darauf bestanden.

»Eines solltest du dir merken«, hatte sie gesagt, während sie ein Paar wunderschöner Riemchenschuhe zum Vorschein brachte und vor mich hinstellte, »man sollte sich in jeder Lebenslage schick kleiden, wenn das, was man trägt, von Tausenden Zuschauern gesehen wird. Es ist immer besser, sich zu schick zu kleiden als zu lässig. Warum, glaubst du, sehen Realitystars immer aus wie aus dem Ei gepellt? Es liegt daran, dass sie sich für die Kamera kleiden, nicht der Gelegenheit entsprechend.«

Ich hatte ihren weisen Rat also beherzigt, und nachdem ich die vielen Tüten, die Lewis Blume mir geschickt hatte, durchgesehen hatte, entschied ich mich für ein locker sitzendes weißes T-Shirt, das ich in eine hautenge schwarze Jeans mit hohem Bund und mit Löchern steckte, dazu wählte ich einen Trenchcoat und die grünen Riemchenschuhe mit Blockabsatz, die Hazel ausgesucht hatte. Als ich also die Schule betrat, waren sich Francine und Tanya einig, dass ich für die Serie »genau den richtigen Ton« getroffen hatte, ehe Tanya noch vorschlug, ich solle eine schwarze Wayfarer-Sonnenbrille dazu aufsetzen, um den Look zu perfektionieren.

Es war zwar nicht sonnig, aber das spielte keine Rolle.

Als ich endlich bei Grace am Cupcake-Stand eintraf, sah sie mich mit großen Augen und offenem Mund an.

»Wow«, sagte sie, während die Kameracrew um uns herum Stellung bezog und Francine ihre Leute anblaffte und Anweisungen erteilte. »Du siehst ... anders aus.«

»Danke.« Ich lächelte und klatschte in die Hände. »Ich freue mich so, dass ich an diesem Wochenende am Cupcake-Stand mithelfen kann, in meiner Freizeit! Hattest du schon viele Kunden? Die Cupcakes sehen köstlich aus!«

»Im Moment besteht noch kein Grund, dich so ins Zeug zu legen, spar dir die Begeisterung, Flick«, teilte Hazel mir mit. Sie stand direkt hinter den Kameraleuten. »Das wird noch nicht gefilmt.«

»Oh, ach so. Tja, trotzdem, die Dinger sehen lecker aus.«

Ich ging um den Stand herum und stellte mich neben Grace, wo ich darauf wartete, dass Francine endlich »Bitte« rief.

»Was geht denn hier vor?«, wollte Grace wissen, die in die Kameras starrte wie ein Reh ins Scheinwerferlicht.

»Wir drehen eine Szene für die Pilotfolge«, erklärte ich ihr aufgeregt, während ein Make-up-Artist meinen Lippenstift nachzog. »Wie du weißt, wollen sie mein *wahres* Ich zeigen, da dachte ich, das wäre die perfekte Gelegenheit.«

»Ach so. Klar.« Grace' Blick huschte von einer Kamera zur nächsten. »Was soll ich machen?«

»Tu einfach so, als wären sie gar nicht da«, riet ich ihr, als hätte ich voll die Ahnung. »Ist das nicht aufregend?«

»Ich wünschte, ich hätte mir was Hübscheres angezogen«, sagte sie mit hochrotem Kopf und zerrte verlegen am Saum ihres Pullovers. »Hätte ich gewusst, dass ich in deiner Show zu sehen bin, hätte ich mir mehr Mühe gegeben.«

»Sei nicht albern, Grace, deswegen nennt sich das doch Realityshow. Du siehst toll aus, wie immer. Das soll doch alles ganz echt und natürlich wirken.«

Ihre Augen huschten zu meinen Schuhen und dann wieder nach oben zu meiner Sonnenbrille.

»Äh, okay, ich geb's zu, mein Outfit ist total übertrieben.« Ich grinste. »Aber wie Hazel sagte: Es ist besser, zu schick angezogen zu sein als zu –«

»Uuuuuuund BITTE!«

Dass Francine nun so plötzlich diesen Befehl erteilte, traf mich völlig unvorbereitet, weshalb ich wie von der Tarantel gestochen hochsprang und dabei gegen den Tisch stieß, sodass ein paar von den Cupcakes ins Gras kullerten.

»Uuuuuuund AUS! Das war großartig, Leute, vielen Dank«, schrie Francine, ehe sie sich einem ihrer Assistenten zuwandte und ein paar ernste Worte mit ihm wechselte.

»Moment!«, sagte ich und stakste um den Stand herum zu Francine, während Grace in die Hocke ging, um die heruntergefallenen Cupcakes aufzusammeln. »Das wollen Sie doch wohl nicht verwenden, oder?«

»Keine Sorge, Flick«, mischte Tanya sich ein und ging um Francine herum, die noch nicht einmal aufsah, sondern sich weiter mit dem Assistenten unterhielt. »Das war nur eine Aufnahme. Wir haben noch viele Einstellungen geplant. Es ist immer gut, kleine Ausschnitte zu haben, die man als Lückenfüller verwenden kann, das ist alles.«

»Klar, aber das gerade eben lässt mich total tollpatschig dastehen«, erklärte ich geduldig. »Und wie Grace Ihnen sicher bestätigen wird, bin ich sonst überhaupt kein ungeschickter Mensch. Stimmt doch, Grace, oder?«

»Stimmt.« Sie nickte und erhob sich, um die schmutzigen Cupcakes in den Mülleimer zu befördern.

Doch Tanya hörte schon nicht mehr zu; sie schaute auf ihr Telefon, das in ihrer Hand klingelte. »Entschuldige«, sagte sie, schien sich zu vergewissern, wer da anrief, und entfernte sich von uns. »Ich muss rangehen.«

»Keine Sorge, Flick«, sagte Grace mit einem aufmunternden Lächeln. »Die nächste Szene wird bestimmt viel –«

»Hazel!«, schrie ich und hörte ihr gar nicht mehr zu. »Warte, Grace, ich muss Hazel nur etwas fragen. Hazel, die Szene eben werden sie doch nicht verwenden, oder? Hast du das gesehen? Ich hab die ganzen Cupcakes runtergeschmissen.« Ich seufzte. »Jetzt stehe ich da wie der letzte Trottel, genau wie im Park mit diesen ganzen Tauben.«

»Nein, nein, du siehst toll aus!«, versicherte Hazel mir. »Obwohl ich finde, dass wir ein bisschen mehr Rouge gebrauchen könnten, bevor es an die nächste Aufnahme geht. Ich rufe gleich jemanden fürs Make-up!«

Geduldig ließ ich mir vom Make-up-Artist mit dem Pinsel über die Wangen streichen und von der Hair-Stylistin mit Haarspray sämtliche losen Strähnen in Position bringen, ehe ich mich wieder neben Grace hinter den Stand stellte.

»Nun ja«, sagte ich, während Grace versuchte, sich die Haare mit den Fingern zu kämmen. »Ich schätze, besser ein Tollpatsch als fürchterlich aussehen.«

»Ruhe am Set!«, blaffte Francine. »Uuuuuuuuund BITTE!«

Ich sah Grace mit einem breiten Grinsen an. »Es ist so schön, hier mit dir zu stehen, Grace, und Cupcakes zu verkaufen.«

»Äh … ja.« Sie nickte angespannt.

»Ich hoffe, wir verkaufen ganz viele.«

»Ähm. Ich auch.«

»Ziemlich kalt heute, findest du nicht auch?«

»Äh. Ja.«

Das WETTER? Ich redete ernsthaft über das WETTER? Wenn jetzt nicht bald was Spannendes passierte, war ich geliefert.

Während Grace stocksteif neben mir stand und nervös an ihren Haaren herumspielte, wartete ich geduldig darauf, dass jemand vorbeikam und einen Cupcake kaufte. Doch leider wagte sich niemand auch nur ansatzweise in unsere Nähe. Alle blieben schüchtern hinter den Kameras stehen, beobachteten uns und flüsterten miteinander.

»Kommt doch her!«, rief ich und winkte einigen Schülern zu. »Kommt und kauft unsere köstlichen Cupcakes, das Geld ist für einen guten Zweck!«

Es half alles nichts. Sie standen nur da und starrten vor sich hin, als wären wir eine Art Zirkusnummer oder so.

»Hallooooooooo!«, schrie ich und winkte erneut. »Will denn keiner einen Cupcake?«

Aus dem Augenwinkel sah ich Hazel hinter Francine stehen und die Hände vors Gesicht schlagen. Francine schüttelte den Kopf. Es war ein Desaster.

Doch dann schöpfte ich neue Hoffnung, als ich Cal und Olly beim Stand mit den gebrauchten Büchern entdeckte.

»Olly! Cal! Kommt und kauft Cupcakes!«

Sie standen wie angewurzelt da, während ungefähr alle Besucher des Schulfests die Köpfe in ihre Richtung drehten.

»Kommt schon, Jungs«, bettelte ich verzweifelt und stieß ein hysterisches Lachen aus.

Aber sie bewegten sich nicht von der Stelle.

»Uuuuuuuund AUS! Das war ... äh ... tja, wie auch immer.« Francine räusperte sich und flüsterte Tanya etwas ins Ohr.

»Nein, warten Sie«, sagte ich, »schon in Ordnung, das sind meine Freunde. Sie kommen bestimmt noch rüber und kaufen ein paar Cupcakes, und dann können Sie mich filmen, wie ich sie ihnen verkaufe.« Ich wedelte wie verrückt mit den Armen und bedeutete Olly und Cal, sich zu uns zu gesellen.

Aber sie standen nur reglos da. Warum kamen sie denn nicht her? Was war da los?

Ich ließ die Hand sinken und zog ein enttäuschtes Gesicht.

»Ich glaube, sie sind ein bisschen kamerascheu«, meinte Grace in beruhigendem Tonfall.

Plötzlich hatte ich einen Kloß im Hals. »Warum wollen sie mir denn nicht helfen?«

»Klar wollen sie dir helfen!«, protestierte Grace mit bestürzter Miene. »Es ist nur ... wir wissen doch beide, dass Cal nicht gern vor der Kamera steht. Du weißt doch, wie schüchtern er ist. Und Olly, tja, ich glaube, sein Ding ist das auch nicht.«

»Wie, du meinst, er stellt sich auf die Bühne und spielt mit seiner Band vor Publikum, bekommt aber Lampenfieber, sobald ein paar Kameras im Spiel sind? Das glaubt doch keiner«, sagte ich kopfschüttelnd und starrte auf den Boden. »Ich nehme an, ich bedeute ihnen genauso wenig wie allen anderen. Wenn ich nicht mal *sie* davon überzeugen kann, dass ich keine verzogene Diva bin, wie soll ich dann den Rest der Welt auf meine Seite bringen?«

»Flick, nicht doch, das ist absolut –«

»*Ich* nehme einen Cupcake«, sagte da eine Stimme.

Für einen kurzen Augenblick dachte ich, ich wäre gerettet, doch dann registrierte ich, zu wem die Stimme gehörte.

»Wie viel sollen die denn kosten?«, fragte Ella und schleuderte ihre Haare über die Schulter zurück. »Hast du die gebacken, Flick? Ich wusste ja gar nicht, dass du so was kannst, aber du bist neuerdings voller Überraschungen.«

Francine und Tanya unterbrachen ihr Gespräch und blickten interessiert auf.

»Nein, Ella«, presste ich zwischen zusammengebissenen Zähnen hervor. »Ich habe sie nicht selbst gebacken. Und wenn es dir nichts ausmacht … wir filmen hier zufällig für meine Reality-Show. Könntest du dich also aus dem Bild bewegen? Das wäre sehr –«

»Willst du damit sagen, dass du mir keinen Cupcake verkaufen willst, Flick?«, fragte sie mit schriller, schneidender Stimme.

Francine setzte hastig ihre Kopfhörer wieder auf und bedeutete allen, in Position zu gehen. Tanya reckte ihr den erhobenen Daumen entgegen, und Hazel machte mir hektisch irgendwelche Zeichen, dass ich bitte freundlich lächeln sollte.

Das durfte doch nicht wahr sein. Ella drängte sich hier einfach so in meine Show, und dann schaffte sie es auch noch, dass sich alles nur noch um sie drehte!

Ich wusste nicht, was ich sagen sollte, deshalb hielt ich lieber den Mund. Ich schürzte die Lippen und streckte mich, sodass ich ihr über die Schulter schauen konnte. Wenn doch nur jemand anderer vorbeikommen würde, dann wäre ich gerettet!

»Flick, hast du nicht gehört, was ich gesagt habe? Willst du mich etwa ignorieren?«, fragte sie und schleuderte ihre Haare zur anderen Seite. »Warum verdrehst du die Augen? Das ist echt so was von unhöflich!«

»Du weißt GENAU, warum ich die Augen verdrehe«, zischte ich, weil ich mich nicht länger zusammenreißen konnte. »Hör auf, die Unschuldige zu spielen.«

Mein Blick flackerte zu den blinkenden roten Lämpchen an den Kameras.

»Ich weiß nicht, wovon du sprichst«, erwiderte sie und legte sich eine Hand aufs Herz, als wäre sie zutiefst verletzt. »Ich spiele hier gar nichts. Im Gegensatz zu *anderen* Leuten.«

Ihre Mundwinkel verzogen sich zu einem schmallippigen Lächeln.

»Verschwinde, Ella«, fauchte ich und wünschte, sie würde sich in Luft auflösen.

Neben mir trat Grace nervös von einem Bein aufs andere. »Ähm, die Cupcakes kosten nur ein Pfund. Welche Farbe hättest du denn gern?«

»Ich weiß gar nicht, warum du so gemein zu mir bist, Flick«, sagte Ella, nahm sich einen pinkfarbenen Cupcake und reichte Grace eine Münze. »Ich wollte doch nur einen Cupcake für einen wohltätigen Zweck kaufen, und du ignorierst mich und sagst mir, ich solle verschwinden, ganz ohne Grund.«

»Das ist doch nicht wahr«, pflaumte ich sie ungehalten an, ehe ich tief Luft holte und versuchte, mich zu beruhigen. »Es gibt einen guten Grund, weshalb ich dich bitte, mich in Frieden zu lassen.«

»Liegt es daran, dass ich einen Posten bei der Schülerzeitung bekommen habe und du nicht? Ich verstehe gut, dass du gern mitgemacht hättest, aber alles lief total fair ab, Flick. Es ist nicht meine Schuld, dass Cal lieber mich im Team hat als dich.«

Was?

»Cal mag dich nicht lieber als mich!«, presste ich mühsam hervor und verspürte einen scharfen Stich in der Brust, als ich einen Blick zu ihm hinüberwarf. »So war das nicht, und das weißt du ganz genau!«

»Du kannst doch nicht erwarten, dass man dir alles auf dem Silbertablett serviert. Sicher, ich weiß, dass du das so gewohnt bist, das liegt an deiner Herkunft, aber so läuft das im wahren Leben nicht.«

Mir klappte die Kinnlade hinunter.

»Du hast den Posten bei der Schülerzeitung doch nicht STATT mir bekommen! Und ich erwarte ÜBERHAUPT NICHT, dass man mir alles auf dem Silbertablett serviert!«

»Ich denke, wir sollten die ganze Sache mit der Schülerzeitung einfach vergessen und uns wieder versöhnen, findest du nicht?«

»Nein, Ella«, sagte ich zähneknirschend. »Finde ich nicht!«

Sie schnappte nach Luft, tat übertrieben entsetzt und spielte ihre Rolle vor der Kamera perfekt. Ich war so wütend, dass mir die Zornesröte ins Gesicht stieg. Verzweifelt versuchte ich, Hazels Blick einzufangen, damit sie der Filmcrew Einhalt gebot, aber sie verfolgte die Szene wie gebannt auf einem der Kamerabildschirme mit.

»Du willst *nicht,* dass wir uns versöhnen und wieder Freundinnen sind? Wow, Flick, das ist aber gar nicht nett.«

Moment mal. Wie konnte sie es wagen, mich in meiner EIGENEN SHOW so bloßzustellen?

Damit würde ich sie auf KEINEN Fall durchkommen lassen.

»Warum sollte ich ausgerechnet mit der Person, die der Presse Lügen über mich erzählt, befreundet sein?«, schrie ich jetzt völlig außer mir.

Ella wirkte wie vor den Kopf gestoßen. HA! Auf keinen Fall würde sie diesmal davonkommen. Jetzt hatte ich sie, und das wusste sie ganz genau!

»Wovon *redest* du?«, fragte sie.

»Du weißt genau, was du getan hast, Ella«, spie ich ihr entgegen. »Du weißt GANZ GENAU, was du getan hast!«

Jetzt gab es kein Zurück mehr.

»Flick, ich habe überhaupt nichts gemacht, du solltest dich beruhigen, denn sei mir nicht böse, aber du führst dich schon ein wenig auf wie eine Diva.«

WIE KONNTE SIE ES WAGEN?!

»ICH BIN KEINE DIVA!«, keifte ich, riss verzweifelt die Hände hoch und beförderte dabei eine weitere Ladung Cupcakes zu Boden. Sie waren überall verteilt.

Hoppla.

»Uuuuuuuuund AUS!«

Die Filmcrew reagierte mit lautem, begeistertem Applaus. Wie versteinert stand ich da, während Francine, Tanya und Hazel allesamt strahlten und eifrig mitklatschten, ehe sie anfingen, sich aufgeregt zu unterhalten. Die Crew ließ die Kameras und Galgenmikrofone sinken. Sie hatten ALLES gefilmt.

»Du bist also keine Diva, wie?«, bemerkte Ella spöttisch und betrachtete die Cupcakes, die um den Stand herum im Gras lagen. Kopfschüttelnd sah sie mich an, dann drehte sie sich um und ging.

»Alles okay bei dir, Flick?«, fragte Grace leise und legte mir die Hand auf den Arm.

Als ich bemerkte, dass sämtliche Blicke auf mich gerichtet waren, während Ella triumphierend davonstolzierte, verspürte ich einen plötzlichen Anflug von Entschlossenheit. Ich würde mir das hier nicht von ihr ruinieren lassen. Das war *meine* Show.

»Weißt du was, Grace? Seit dem Handtaschen-Gate tue ich alles, um die Leute davon zu überzeugen, dass ich keine Diva bin. Und jedes Mal geht das nach hinten los. Alles, was ich tue, um die Leute auf meine Seite zu bringen, endet damit, dass ich noch schlechter dastehe.«

»Flick, keiner von uns denkt –«

»Ich werde mich nicht länger wehren. Es ist an der Zeit, dass ich es mit einer anderen Taktik versuche. Und du kennst doch sicher dieses Sprichwort: Wenn du sie nicht schlagen kannst …« – und damit rückte ich meine Sonnenbrille gerade und schenkte ihr ein siegesgewisses Lächeln –, »verbünde dich mit ihnen.«

KAPITEL 18

Ich war gerade dabei, in der Lobby das eine oder andere Selfie zu machen, als Matthew sich vernehmlich räusperte.

»Flick, was genau tust du da?«, wollte er wissen und schob sich hinter mir von oben ins Bild.

»Wonach sieht es denn aus?«

»Es sieht aus, als würdest du mitten in der Eingangshalle kopfüber auf einem Sessel liegen.«

Er reichte mir die Hand und zog mich in eine aufrechte Position.

»Matthew.« Ich seufzte und achtete nicht auf den plötzlichen Schwindelanfall, weil ich so lange kopfüber dagelegen hatte. »Es ist eine hohe Kunst, das perfekte Selfie hinzubekommen. Ich bin eine Künstlerin, und das hier« – ich deutete auf mich selbst – »ist meine Leinwand.«

»Nun, würde es dir etwas ausmachen, dein Atelier anderswohin zu verlegen?« Er grinste. »Die Hotellobby ist nicht der richtige Ort, um sich kopfüber auf einen Sessel zu werfen und Fotos von sich selbst zu schießen.«

»Aber –«

»Kein Aber. Du störst die Gäste.« Er verzog sich wieder hinter die Rezeption. »Hast du denn nicht schon genug Fotos von dir?«

»Ich erwarte ja gar nicht, dass Sie das verstehen. Seien Sie mir bitte nicht böse, aber das ist nur was für junge Leute.«

»Ich bin nicht böse«, sagte er und musste sich ein Lächeln verkneifen, während er hinter dem Tresen die Stifte neu sortierte. »Wie laufen die Filmaufnahmen? Du scheinst ja nur noch zu arbeiten. Hat das denn nie ein Ende?«

Nach dem katastrophalen Schulfest – oder besser gesagt, dem »Cupcake-Gate«, wie alle an der Schule es nannten – war klar: Mein Versuch, allen zu beweisen, dass ich nicht die Diva war, für die sie mich hielten, war gescheitert. Tatsächlich hatte ich exakt das Gegenteil bewirkt. Außerdem hatte sich gezeigt, dass ich die Meinung, die die Leute von mir hatten, nicht ändern konnte, ganz gleich, was ich tat und wie sehr ich mich ins Zeug legte. Nancy Rose und Ella hatten ihr Bild von mir erfolgreich in den Köpfen zementiert.

Es hatte also keinen Sinn, sich weiter anzustrengen.

Stattdessen genoss ich meine neue Rolle als großer TV-Star.

Und es funktionierte! In den Ferien hatte ich viel vor der Kamera gestanden und außerdem einen Haufen neuer Fans gewonnen. Die Zahl der Likes, die ich bekam, stieg mit jedem neuen Posting.

»Ich habe in letzter Zeit rund um die Uhr geschuftet«, sagte ich zu Matthew. »Sie wissen schon, zusätzlich zur Schule und so. Es war einfach wahnsinnig viel los. Wenn man auf den sozialen Netzwerken am Ball bleiben will, ist das fast wie ein Vollzeitjob. Die Zahl meiner Follower ist rasant gestiegen, seit das mit dem Pilotfilm zur Serie bekannt wurde. Ich muss mir dauernd neue Sachen für meine Profile überlegen und für die Seite von Fritz auch.«

Ich zögerte.

»Wo wir schon beim Thema sind: Besteht die Chance, dass ich ein Foto bekomme, auf dem ich auf dem Rezeptionstresen sitze und ans Telefon gehe, während ich mir den Lippenstift nachziehe oder so? Ich glaube, das wäre richtig cool. Wir könnten es doch gleich versuchen, ist doch ohnehin kaum was los.«

»Netter Versuch, Flick. Aber vergiss es. Das Hotel und seine Innenausstattung sind nicht deine Requisiten.«

»Tja, einen Versuch war es wert«, sagte ich und lehnte mich gegen die Rezeption. »Ich sollte mich ohnehin sputen, in einer Stunde treffe ich mich mit Sky.«

»Wo triffst du sie denn?«

»Hier in der Lobby.«

Fragend zog er die Augenbrauen nach oben. »Und du brauchst eine Stunde, um genau dahin zu kommen, wo du jetzt stehst?«

»Natürlich nicht, ich muss mich fürs Abendessen umziehen. Sie wissen schon, damit ich *hübsch* aussehe.« In einer theatralischen Geste warf ich meine Haare nach hinten, was ihn zum Lachen brachte.

In diesem Moment kam Audrey mit einem Stapel Akten aus ihrem Büro und sah uns zusammen kichern.

»Was heckt ihr beide denn aus?« Sie lächelte und reichte Matthew einen der Ordner, um ihm etwas zu zeigen. »Flick, ich hoffe, du hältst Matthew nicht von der Arbeit ab.«

»Sie stört nicht«, sagte er mit einem Grinsen. »Eigentlich finde ich es ganz nett, ein wenig Zeit mit ihr zu verbringen, ohne dass irgendwo eine Kamera lauert; was meinen Sie, Audrey? Kommt doch selten vor in letzter Zeit.«

»Oh, absolut.«

»Und das alles nur der Publicity wegen, und zwar nicht nur für mich. Ich habe Francine extra gebeten, ein paar hübsche Aufnahmen vom Hotel als Füllmaterial zu machen«, erklärte ich und winkte fröhlich einem Hollywoodstar zu, der gerade bei uns logierte und in diesem Moment die Lobby durchquerte. Er hatte neulich einen Clip zu meinem Instagram-Account beigetragen, in dem er mir im Musikzimmer das Steppen beibringt. Der hatte HUNDERTE von Likes bekommen.

»Ich fand es besser, als wir noch weniger Publicity und weniger Kameras hier hatten«, sagte Audrey, die gerade etwas auf dem Computer hinter der Rezeption nachschaute. »Keine Ahnung, wie du daran Spaß haben kannst.«

»Was soll das heißen? Es ist toll!«

Was nur zum Teil stimmte.

Natürlich hatte es auch einige *klitzekleine* Nachteile, wenn man auf Schritt und Tritt von Kameras verfolgt wurde. Zum Beispiel brauchte ich neuerdings eine Ewigkeit, um mich fertig zu machen, weil ich sichergehen musste, dass mein Make-up perfekt war und meine Haare perfekt saßen, bevor ich die Wohnung verließ. Sogar der ganz natürliche Look kostete einiges an Anstrengung. Da ich aber jetzt einen eigenen Make-up-Artist hatte, bekam ich das mit den Konturen und den falschen Wimpern mittlerweile selbst schon recht gut hin.

Dann war da noch das Problem mit den Klamotten. Lewis Blume war zwar einer meiner Favoriten, aber seit Nancy Rose in ihrem Videoblog exklusiv über den Pilotfilm zu meiner Serie berichtet hatte, hatten mir die Designer reihenweise Klamotten zur Ansicht geschickt, in der Hoffnung, ich würde sie in der Show tragen. Was TOLL war, es mir aber auch erheblich erschwerte, jeden Tag ein Outfit auszusuchen. Das dauerte immer eine halbe Ewigkeit.

Nach dem ganzen morgendlichen Stylingstress musste ich dann auch noch sichergehen, dass ich im Laufe des Tages regelmäßig Fotos von mir postete, damit die Fans auf dem Laufenden waren, und jedes Mal, wenn ich mir meinen letzten Eintrag ansah, hoffte ich, dass die Anzahl der Aufrufe und Likes weiter gestiegen war. Was sich tatsächlich als sehr ermüdend herausstellte.

Außerdem, so gern ich die Crew mochte, sie konnten tierisch nerven. Manchmal wusste ich überhaupt nicht, wo ich an welchem Tag zu sein hatte und was ich tun sollte, und dann kommandierte mich Francine die ganze Zeit herum und wies mich an, meine Sätze anders zu betonen.

Ich musste mich mit einem Haufen Leuten abgeben, die ich noch nie zuvor getroffen hatte, und das bei irgendwelchen superschicken Veranstaltungen, wo im Grunde nichts passierte und es schwer war, sich angesichts der vielen Kameras mit Freunden wie zum Beispiel Sky richtig zu unterhalten. Die verfolgten nämlich alles mit, was wir taten.

Darüber hinaus kam ich mit meinen Hausaufgaben nicht mehr hinterher, weil ich mich nämlich jedes Mal, wenn ich ein bisschen Zeit für mich hatte, am liebsten aufs Bett geworfen hätte. So wie neulich; da war ich dermaßen müde, dass ich mindestens eine halbe Stunde lang total weggetreten auf dem Sofa lag und Fritz dabei zusah, wie er eine Taube ankläffte, die auf dem Fensterbrett saß.

Aber abgesehen von diesen Nebensächlichkeiten war es einfach genial.

»Tja, jeder, wie er mag«, lautete Audreys abschließendes Fazit. »Aber ich für meinen Teil bin froh, wenn diese Pilotfolge im Kasten ist, die Kameras verschwunden sind und Hazel wieder zurück nach New York fliegt.«

»Audrey«, sagte Matthew und warf ihr einen warnenden Blick zu.

»Ich sag ja nur …« Sie zuckte mit der Schulter und senkte die Stimme. »Ihre extravaganten Wünsche können ziemlich zeitraubend sein. Dabei ist um diese Jahreszeit ohnehin sehr viel los.«

»Bei uns im Hotel Royal herrscht immer reger Betrieb. Und kein Wunsch von einem unserer Gäste kann so ausgefallen sein, dass er uns zu große Anstrengung abverlangen würde«, bemerkte Matthew und straffte stolz die Schultern.

»Na schön, Angestellter des Jahrhunderts.« Audrey grinste und rollte mit den Augen. »Genug gelästert.«

»Hazel wird so schnell nicht abreisen, schon gar nicht, wenn die komplette Serie genehmigt wird«, teilte ich ihnen mit. »Und überhaupt, wir müssen ja noch das Finale filmen. Das wird eine Abendveranstaltung im großen Ballsaal. Ich überlege schon dauernd, was man machen könnte, es soll schließlich nicht ganz alltäglich sein – habt ihr da irgendwelche Ideen? Denkt ihr, ein Maskenball wäre zu übertrieben? Oder findet ihr das cool?«

»Hast du Cal schon gefragt?«, erkundigte sich Matthew neugierig. »Oder Grace oder Olly? Vielleicht haben deine Freunde irgendwelche Ideen.«

Mit hochgezogenen Augenbrauen sah ich ihn an. »Was soll dieser seltsame Blick?«

»Welcher Blick?«, entgegnete er unschuldig, während Audrey in sich hineingrinste. »Ich sehe dich ganz normal an.«

»Nein, sie sehen mich komisch an.«

»Na ja, mir ist nur zu Ohren gekommen, dass du neuerdings nicht viel Zeit mit deinen Freunden verbringst.«

»Lassen Sie mich raten, ist Ihnen das rein zufällig über Cal zu Ohren gekommen?« Ich schüttelte den Kopf.

»Mir ist aufgefallen, dass er in letzter Zeit ein wenig geknickt wirkt.« Matthew hielt kurz inne, ehe er weitersprach. »Du weißt nicht zufällig, woran das liegen könnte?«

Ich zuckte die Schulter. »Vielleicht ist seine tolle neue Freundin Ella doch nicht so toll, wie er dachte?«

»Aha.« Er wechselte einen wissenden Blick mit Audrey.

»Das ist doch kein Drama. Ich bin mit Filmen beschäftigt, und sie haben mehr als genug mit der Schülerzeitung und solchen Sachen zu tun. Die können mich im Moment überhaupt nicht brauchen.«

»Das ist nicht wahr, da bin ich mir sicher«, beharrte Audrey. »Cal kommt ständig im Hotel vorbei und fragt nach dir.«

»Ach, er war da?« Ich kniff die Augen zusammen. »Wann?«

»In den Ferien war er ziemlich oft hier. Und in letzter Zeit war er ein paarmal nach der Schule da«, antwortete Matthew. »Aber du warst jedes Mal wegen Filmaufnahmen unterwegs. Er hat mir auch erzählt, dass ihr euch in der Schule nicht mehr allzu oft seht.«

»Aber das ist keine Absicht«, stellte ich klar. »Ich hatte in der letzten Zeit sehr viel um die Ohren und war deswegen nicht besonders gesprächig. Aber wenn er wirklich gewollt hätte ...«

»Bist du sicher, dass du nicht nach wie vor sauer bist auf ihn und Olly wegen dieser Sache beim Schulfest?«, hakte Audrey nach.

»Er hätte doch nur kommen und einen Cupcake kaufen müssen«, murmelte ich. »Aber neeeein, er hört nicht auf mein Flehen, stattdessen überlässt er Ella das Feld. Und wir wissen alle, wie das ausgegangen ist.«

»Ich verstehe dich ja, Flick, aber ich finde auch, dass du ihm langsam mal vergeben solltest, denkst du nicht?«, sagte Audrey mit sanfter Stimme. »Du magst es, vor der Kamera zu stehen, aber das ist nicht jedermanns Ding.«

»Wenn da keine Kameras gewesen wären, sondern nur du«, versuchte es Matthew, »wäre er sicher sofort zur Stelle gewesen. Das ist eine Tatsache, wie ich rein zufällig weiß.«

»Warum schickst du ihm nicht wenigstens eine Nachricht?«, schlug Audrey vor, schnappte sich ihre Akten und ging wieder zurück ins Büro. »Oder noch besser, rede morgen in der Schule mit ihm.«

»Ich denke darüber nach«, sagte ich leicht verstimmt, während Matthew nickte, offensichtlich zufrieden mit diesem Ergebnis. »Aber das heißt NICHT, dass ich ihm verzeihe.«

Na GUT. Ich verzeihe dir.

???

**Ich meine, guten Abend, Cal.
Wie geht es dir?**

Wer ist da?

Hä?

**Ich habe diese Nummer
nicht in meinen Kontakten.**

SOLL DAS EIN WITZ SEIN?!

Nein! Im Ernst, wer ist da?

Ich bin's, Flick, du Hirni!

Flick Sprogg? Wow! Das ist Jahre her! Wie geht es dir? Spielst du immer noch Lego?

WER ZUR HÖLLE IST FLICK SPROGG??! UND WAS REDEST DU VON LEGO?

Tut mir leid, ich komme nicht mehr mit. Ist da nicht Flick Sprogg aus dem Ferienlager von 2012?

NEIN, HIER IST NICHT FLICK SPROGG AUS DEM FERIENLAGER VON 2012.

Oh! Schade. Flick Sprogg war ein Ass im Legobauen. Wäre schön, mal wieder von ihr zu hören. Tja, wenn du nicht Flick Sprogg bist, wer bist du dann?

WIE VIELE FLICKS KENNST DU EIGENTLICH, DU VOLLPFOSTEN?

Tja, da wäre Flick Sprogg aus dem Ferienlager von 2012 und ... hmmm, nö, mir fällt sonst keine ein.

Du hältst dich wohl für urkomisch, wie?

Man sagt, ich wäre voll der Burner.

Das ist doch kein Wort.

Burner (Substantiv, informell): eine amüsante Situation oder Person, zitiert aus einem Lexikon.

Das sagt doch kein Mensch!

Du hast mich vermisst, oder?

VERGISS ES!

Deswegen schreibst du doch. Du hast mich vermisst, deinen alten Kumpel Cal.

Ich habe dich NICHT vermisst.
Und sag nicht Kumpel.

Klaro.

Wenn du es unbedingt wissen willst,
Audrey und dein Dad haben mich gebeten,
dir zu schreiben. Von wegen, ich soll dir
vergeben und so. Sie haben Mitleid mit dir.

Wenn du meinst …

Es IST so!

Jep. Klar.

Das stimmt wirklich!!! Frag sie doch!

Du hast mich vermisst.

ICH HABE DICH NICHT VERMISST.
Oh Mann, wieso schreibe ich dir
eigentlich??

Du kannst es jederzeit lassen.

Na schön.

Gar nicht so leicht, oder?

Was ist nicht leicht?

Mir nicht zu schreiben.

Nö, eigentlich ist es ganz einfach.
Ich hab viel zu tun.

Siehst du? Du tust es schon
wieder, du schreibst mir.

WEIL DU MIR GESCHRIEBEN HAST!

Und schon wieder!

Ich ziehe meine Aussage von vorhin zurück, ich verzeihe dir NICHT! Tschüss!

Keine Sorge, ich werde Flick Sprogg finden, dann sind wir wieder Freunde.

ES GIBT KEINE FLICK SPROGG!

Und ob es die gibt. Wir haben zusammen ein Floß aus lauter Stecken gebaut in diesem Ferienlager 2012. Bist du eifersüchtig?

WARUM sollte ich eifersüchtig sein, weil du aus STECKEN ein Floß mit ihr gebaut hast??

Es waren eigentlich eher Baumstämme. Wir haben auch Fässer verwendet. Sie waren blau.

Dieses Floß ist mir PIEPEGAL!

Flick Sprogg konnte gut
mit Seilen umgehen, fällt mir ein.

Hör auf, mir zu schreiben, bitte!!!

Ich bin so froh, dass wir
wieder Freunde sind.

Wir sind keine Freunde!

Das Leben ist so irre einsam
ohne Freunde, auf die man sich
in schwierigen Zeiten verlassen kann.

Lass mich in Ruhe, bitte!

Mit den Worten von Simon and Garfunkel …

Von WEM??

Old friends, old friends, sat on
their park bench, like bookends.

WAS SOLL DAS??

Schön, dass du zugibst, wie sehr du mich vermisst hast. Das erfordert viel Mut. Schlaf gut, und wenn du morgen aufwachst, sonne dich in dem Wissen, dass du ein ehrlicher Mensch bist.

Ich hasse dich.

KAPITEL 19

In der Schule hatte ich neuerdings größte Mühe, mich auf den Unterricht zu konzentrieren. Erstens war ich total erledigt, weil ich keine Sekunde Zeit für mich hatte; und zweitens mangelte es mir erheblich an Motivation, weil ich genau wusste, dass kein Anlass bestand, weiter zur Schule zu gehen, wenn der Pilot zu einem Erfolg wurde. Denn dann wäre meine zukünftige Karriere vorgezeichnet, und es würde steil nach oben gehen. Und drittens konnte ich nirgendwohin gehen, ohne Ella zu begegnen.

Ich hatte echt gehofft, sie würde mich nach der Cupcake-Geschichte endlich in Ruhe lassen, aber sie hielt sich dauernd in meiner Nähe auf und beobachtete mich wachsam, wie Fritz, wenn er irgendeine Verpackung rascheln hörte, weil er was zu futtern witterte.

Nur mit dem Unterschied, dass ich Fritz über alles liebte und er einfach zu knuffig war, selbst wenn ihm der Sabber aus dem Maul lief. Ella dagegen nicht. (Das mit dem Lieben, meine ich. Ich habe keinen Schimmer, wie sie aussieht, wenn sie sabbert, aber ich würde mal sagen, niedlich sieht sie dabei nicht aus.)

Ständig sah ich sie zwischen den Unterrichtsstunden mit Cal auf dem Flur herumstehen und quatschen, und nach der Schule trafen sie sich oft wegen der Schülerzeitung. Auch beim Mittagessen saß sie neuerdings ganz in unserer Nähe, sie war von ihrem üblichen Tisch an den direkt hinter uns umgezogen. Ich fragte Grace, ob ihr das aufgefallen sei, doch die zuckte nur ratlos mit der Schulter und meinte, vielleicht hätte Ella das getan, weil der Tisch hinter uns weiter von der Tür weg war, da war es nicht ganz so zugig.

Ich wusste, dass ich Ella nicht vollständig aus dem Weg gehen konnte, weil wir ja schließlich auf derselben Schule waren, aber es fiel mir wirklich schwer, mich auf die ganzen guten Dinge in meinem Leben zu konzentrieren und die negativen Gedanken hinter mir zu lassen, wenn Ella ständig in mein Blickfeld rückte.

Wenigstens hatte es keine weiteren Tweets von Nancy Rose gegeben, nachdem ich Ella auf dem Schulfest bloßgestellt hatte. Trotzdem hatte ich das Gefühl, als würde sie mir die ganze Zeit im Weg stehen.

Zum Beispiel am Morgen, nachdem ich Cal geschrieben hatte, um ihm die Sache mit dem Schulfest zu verzeihen; da sah ich ihn auf den Stufen vor dem Eingang zur Schule sitzen, irgendein abgefahrenes Buch in der Hand. Ich konnte nicht aufhören zu lächeln, während ich auf ihn zuging.

Ich würde es niemals laut aussprechen, aber ich hatte es wirklich vermisst, Zeit mit ihm zu verbringen, mich über seinen schrägen Humor zu ärgern und sein durchtriebenes Grinsen zu ertragen, bei dem er diese bescheuerten Grübchen bekam.

Doch plötzlich blieb ich wie angewurzelt stehen.

Weil er nämlich aufgesehen und mit seinen bescheuerten Grübchen gegrinst hatte, aber das Grinsen galt nicht mir, sondern der Person, die sich wie aus dem Nichts an ihn herangepirscht und sich neben ihn gesetzt hatte. Dann hatte sie ein paar Fotos zum Vorschein gebracht und sie ihm gezeigt.

Ella.

Ich sah zu, wie sie auf die Bilder deutete, während sie nickte und in sein Lachen mit einstimmte. Ich fühlte mich, als hätte ich plötzlich ein Loch im Bauch, durch das allmählich die Luft entwich.

»Hey, Flick, alles okay?«

Als Ollys Stimme an mein Ohr drang, schreckte ich auf, und mir wurde klar, dass ich mitten auf dem Schulhof stand und zur Treppe starrte, auf der Ella mit Cal saß.

»Ja, ja, alles bestens«, sagte ich, während mir die Röte ins Gesicht schoss. »Und bei dir?«

»Mir geht's gut. Das ist ja eine Seltenheit, dass du nicht in Eile und von einer Horde Leuten umgeben bist. Da dachte ich, ich nutze die Gelegenheit und spreche dich an.« Er lächelte verlegen.

»Tja, stimmt schon, war alles ein bisschen … verrückt in letzter Zeit«, gab ich zu. »Wo steckt denn Grace?«

»Die hat sich irgendwo mit ihrem Laptop verkrochen, vermutlich in der Bibliothek«, teilte er mir mit, während wir uns in Bewegung setzten und auf das Schulgebäude zugingen. »Sie ist neuerdings ganz viel mit ihren Recherchen beschäftigt.«

»Ach ja?«, gab ich zurück und bemühte mich, im Vorbeigehen nicht zu Cal und Ella rüberzuschielen. Mir entging aber nicht, dass sie ihm Fotos von SICH SELBST zeigte, auf denen sie ihre Schuluniform mit diversen Accessoires trug.

»Grace arbeitet an einem Geheimprojekt, aber sie will uns nicht verraten, worum es geht. Als ich sie bat, mir wenigstens einen Tipp zu geben, meinte sie, sie wolle ein für alle Mal die Wahrheit ans Licht bringen.« Olly lachte und rollte mit den Augen. »Keine Ahnung, was das heißen soll.«

»Sonderbar. Mir gegenüber hat sie nichts in der Richtung erwähnt.«

Er hielt mir die Tür auf, und ich registrierte, wie uns einige Mädchen, die auf der Treppe herumstanden, mit neidvollen Blicken beobachteten.

»Du warst ja auch nicht da, wann hätte sie es dir denn erzählen sollen?« Er zuckte mit der Schulter und schlenderte den Flur entlang in Richtung Schließfächer. »Du warst so beschäftigt mit Filmen, wir haben dich doch kaum mehr zu Gesicht bekommen.«

»Ich hab erst neulich zu Matthew gesagt, dass das im Grunde ein Vollzeitjob ist, den ich da mache.«

»Die Pilotfolge müsste doch jetzt langsam mal fertig sein«, sagte er und lehnte sich gegen den Spind direkt neben meinem.

»Ja«, sagte ich lächelnd. »Eine kleine Auszeit wäre toll.«

Seine Augenbrauen wanderten nach oben. »Bis die Aufnahmen für die komplette Serie starten, hast du ja wohl hoffentlich eine Pause, oder?«

»Klar. Sicher. Schon.«

Ich spürte, wie er mich prüfend musterte, aber ich schaffte es nicht, ihm in die Augen zu schauen. Es war nicht so, dass ich die komplette Serie nicht drehen wollte; hallo, das wäre ja wohl komplett VERRÜCKT. Die Arbeit war ermüdend, und ja, ich vermisste es, mit meinen Freunden abzuhängen. ABER ich musste am Ball bleiben und längerfristig denken. Diese Serie war der Schlüssel zu ... wie hatte Hazel es formuliert? Zu meiner glänzenden Karriere.

Genau. Das war es.

»Kommst du zu unserem Auftritt morgen Abend?«

Blinzelnd sah ich zu ihm auf, völlig in Gedanken versunken. »Entschuldige, was?«

»Der Auftritt«, half Olly mir auf die Sprünge. »Du weißt schon, der Nachwuchswettbewerb. Der findet morgen Abend statt.«

»Oh! Ja, klar, natürlich! Dein Auftritt. Klar, sicher, ich bin da.«

»Echt? Musst du denn keine dramatischen Szenen filmen, in denen Cupcakes vorkommen oder so?«, zog er mich breit grinsend auf.

»Haha, sehr witzig.« Ich seufzte und verdrehte wieder einmal die Augen. »Nicht, dass ich wüsste.«

»Gut.« Er lachte. »Dann halte ich im Publikum nach dir Ausschau. Die Bands sind schon etwas früher da wegen des Soundchecks und so, aber ich glaube, Cal, Grace und Ella treffen sich bei uns daheim und ziehen dann gemeinsam los. Frag sie am besten wegen der Uhrzeit.«

»Okay, das klingt toll, ich … warte mal …« Ich war gerade dabei, mein Schließfach zu öffnen, als ich mittendrin innehielt. »Sagtest du gerade Cal, Grace und *Ella*?«

»Genau.« Er nickte, wirkte aber ein wenig betreten.

»Ella geht zu deinem Konzert? Seit wann das denn?«

»Wir haben neulich zufällig beim Redaktionstreffen darüber geredet, da hat sie ein paar Fragen dazu gestellt. Cal meinte, sie solle doch auch kommen.«

»Cal?« Mir wurde der Mund trocken, während ich Mühe hatte, diese Neuigkeit zu verdauen. »Warum tut er so was? Warum sollte er sie dabeihaben wollen?«

»Ich glaube, er fand, das wäre eine tolle Gelegenheit fürs Teambuilding«, meinte Olly. »Wie auch immer, ich bin froh, dass du kommst. Wird bestimmt ein lustiger Abend. Es sei denn, wir verhunzen unsere Songs total. In dem Fall wird es wahrscheinlich weniger lustig. Obwohl, fürs Publikum könnte der Unterhaltungswert steigen.«

Ich war so baff, dass ich beim Öffnen des Schließfachs ganz vergaß, meinen Arm zu heben, damit das ganze Zeug, das sich darin angesammelt hatte, nicht herauspurzelte.

»Also echt, Flick«, sagte Olly lachend. »Du solltest endlich mal dein Schließfach aufräumen.«

Er bückte sich und half mir, alles wieder aufzusammeln. Währenddessen schwirrte mir der Kopf. Ich glaube, bis zu diesem Zeitpunkt hatte es mich zwar geärgert, dass Ella in der Redaktion der Schülerzeitung war, aber ich hatte mich relativ sicher gefühlt, weil ich dachte, sobald die erste Ausgabe geschafft war, würde alles wieder seinen gewohnten Gang gehen, und dann würde sie mit keinem von uns mehr reden.

Aber das hier war etwas ganz anderes. Wie es aussah, verbrachte Cal nicht nur notgedrungen seine Zeit mit ihr, er *wollte* es sogar.

Auf einmal überkamen mich hämmernde Kopfschmerzen.

Nachdem Olly und ich alle meine Bücher und Unterlagen aufgesammelt und zu einem ordentlichen Stapel am Boden aufgetürmt hatten, hob ich diesen hoch und schob ihn zurück in mein Schließfach. Hastig stopfte ich alles hinein, dann rammte ich schnell die Tür zu, ehe es wieder herauspurzelte.

»Du hast da eins vergessen«, sagte Olly, der sich eben hinunterbeugte, um das Notizbuch aufzuheben, das hinter mir lag. »Hier.«

»Danke.«

Als ich es von ihm entgegennahm, fiel mir auf, dass er es einen Tick länger als nötig festhielt, sodass unsere Finger sich berührten.

»Ich bin wirklich froh, dass du morgen kommst, Flick«, sagte er, und seine braunen Augen bohrten sich tief in meine. »Wir haben dich nämlich vermisst.«

KAPITEL 20

»Ein Gig?«

Hazel blinzelte mich verständnislos an und stellte ihr Champagnerglas ab.

»Was meinst du damit, ein Gig?«

»Du weißt schon, einer spielt Gitarre, der andere singt, wieder ein anderer spielt Schlagzeug. Die Sorte Gig«, erklärte ich, während ich verzweifelt versuchte, Fritz dazu zu bringen, endlich stillzuhalten. Es war nicht ganz einfach, ihn in seinen Pyjama zu stecken, wenn er die ganze Zeit zappelte.

»Ich könnte mir nichts Schlimmeres vorstellen!« Sie zögerte, dann wandte sie sich Sky zu und lächelte sie zuckersüß an. »Abgesehen von deinen Konzerten natürlich. Die sind bestimmt wunderbar, da bin ich mir sicher.«

»Danke, Hazel.« Sky lachte. Sie aß Eis direkt aus dem Behälter. »Meine Konzerte sind echt ganz cool.«

Mum war auf einer Konferenz, deshalb waren Hazel und Sky zu mir gekommen, um die letzten Details für den Ball in der kommenden Woche zu besprechen. Hazel hatte alles organisiert, sogar die Wohltätigkeitsorganisation, für die wir das Geld sammeln wollten, hatte sie ausgesucht. Ich fand das auch absolut in Ordnung, nur dass es schon nett gewesen wäre, wenn man mich wenigstens gefragt hätte.

Aber ich hatte keinerlei Mitspracherecht, obwohl es doch um mich ging, oder?

Ich wollte den Ball nämlich eigentlich zugunsten einer Hundeschutzorganisation veranstalten, weil Fritz das freuen würde.

Aber ich wollte auch keinen Aufstand machen und undankbar erscheinen, denn schließlich hatte Hazel harte Arbeit geleistet. Deshalb dachte ich mir, ich belasse es lieber dabei, und wenn wir dann irgendwann die zweite Folge filmten, konnte ich immer noch eine Veranstaltung zum Wohl der Hunde vorschlagen.

Ich musste Hazel unbedingt bitten, alle meine Schulfreunde kommen zu lassen, da ich sonst kaum jemanden von den Leuten, die sie auf die Gästeliste gesetzt hatte, kannte. Und schließlich ließ sie sich tatsächlich erweichen.

»Es handelt sich um einen Wettbewerb für junge Nachwuchsbands«, erklärte ich ihr, während ich die Knöpfe an Fritz' Pyjama schloss.

»Damit wir uns richtig verstehen«, sagte Hazel mit entgeisterter Miene. »Diese Bands sind noch nicht einmal unter Vertrag? Die könnten richtig grauenvoll sein!«

»Es gab eine Vorauswahl. Und ich habe Ollys Band schon mal live gesehen, sie sind richtig gut!«

»Ich weiß nicht, Flick, das stand eigentlich nicht auf dem Programm.«

»Tja, jetzt aber schon«, erklärte ich mit fester Stimme. Nachdem ich mir schon sagen lassen musste, welche Art von Ball ich geben sollte und für wen ich ihn veranstaltete, wollte ich wenigstens über *eine Sache* bestimmen.

»Na schön.« Hazel seufzte. »Ich rufe Tanya und Francine an, ich bin mir sicher, es ist kein Problem, Pässe für die Kameracrew zu bekommen. Obwohl ich nicht glaube, dass die Lichttechniker –«

»Keine Kameras!«, unterbrach ich sie. »Ich will nicht, dass da gefilmt wird.«

»Aber Flick –«

»Hazel, ich will wirklich nicht undankbar klingen, aber ich könnte eine Auszeit gebrauchen. Ständig hält man mir die Kamera vors Gesicht und sagt mir, was ich zu sagen habe, und zwar ungefähr hundertmal das Gleiche, wo ich sitzen soll und wie ich mich hinstellen muss. Außerdem haben mir Cal und Olly bereits deutlich zu verstehen gegeben, was sie davon halten, gefilmt zu werden. Weißt du noch, wie sie sich beim Schulfest geweigert haben, zu mir an den Cupcake-Stand zu kommen?« Ich holte tief Luft. »Ich will wenigstens einen Abend nur mit meinen Freunden verbringen. Ganz ohne Kameras.«

Sie zog einen Schmollmund. »Na schön, also gut. Keine Kameras. Ich bezweifle ohnehin, dass das für die Pilotfolge von Interesse wäre. Trotzdem erstaunst du mich, Flick. Was bringt dich auf die Idee, deinen Abend bei einer Veranstaltung mit Bands zu verbringen, die noch nicht einmal einen Plattenvertrag haben?«

»Hey«, sagte Sky mit warnendem Unterton. »Jeder fängt mal klein an. Ich habe unzählige Gigs gespielt, bevor ich den Vertrag in der Tasche hatte.«

»Außerdem bin ich es Olly schuldig, dass ich dahin gehe. Ich muss ihn schließlich anfeuern, und ich habe ihm schon vor einer Ewigkeit versprochen, dass ich komme. Außerdem muss ich es tun, weil ...« Ich zögerte. »Ach, egal.«

Sky zog die Stirn kraus und ließ den Behälter mit dem Eis sinken. »Was wolltest du sagen?«

»Hä?«

»Du wolltest noch etwas sagen. Warum du zu diesem Gig gehen musst.«

»Nö, gibt keinen anderen Grund.« Ich griff nach Fritz' Pantoffeln und steckte sie ihm an die Pfoten. »Okay, Fritz, du wärst dann fertig für die Heia.«

Er gähnte und streckte sich, dann trottete er hinüber zu seinem Körbchen.

Sky kniff die Augen zusammen und nahm mich ins Visier. »Fliiiiick?«

»Okay, NA SCHÖN!« Ich stieß einen tiefen Seufzer aus. »Ella geht auch hin. Mit Cal.«

Sky wirkte völlig sprachlos. »W...was?«

»Ella? Wer ist denn Ella?«, wollte Hazel wissen.

»Das Cupcake-Mädchen«, erklärte Sky.

»Ooooh«, machte Hazel. »*Diese* Ella.«

»Ja, *diese* Ella. Irgendwie haben sich auf einmal alle mit ihr angefreundet, weil sie ihnen was vorgespielt hat. Und jetzt denken alle, sie wäre ein netter Mensch, im Gegensatz zu mir. Deswegen muss ich zu diesem Konzert gehen, um ihnen zu beweisen, dass sie sich auf mich verlassen können, im Gegensatz zu ihr.«

»Du bist eifersüchtig«, stellte Sky fest und machte sich wieder über ihr Eis her.

»BITTE! Ich bin doch nicht eifersüchtig auf Ella. Sie ist Mitglied der Redaktion einer dämlichen Schülerzeitung, mehr nicht. Ich dagegen habe meine eigene Fernsehshow. Wenn hier jemand Grund zur Eifersucht hat, dann sie.«

»Aha.« Sky nickte wissend. »Wenn du meinst.«

»Ich dachte, du könntest Ella nicht ausstehen«, bemerkte Hazel und nahm ihren Drink zur Hand. »Gibt das keinen Ärger, wenn du bei dieser Veranstaltung auftauchst? Du weißt doch, was für ein Drama das bei diesem Schulfest war.«

»Nein, ich hab ja jemanden, der auf mich aufpasst.«

»Einen Beschützer?« Hazel sah mich neugierig an. »Du meinst einen Wachhund? Willst du Fritz mitnehmen?«

»Nein, viel besser. Ich komme in Begleitung einer Person, die dafür sorgt, dass sich keine divamäßigen Dramen abspielen. Jemand, der dafür sorgt, dass ich mich tadellos benehme. Jemand, der so umwerfend und toll ist, dass keiner mehr auf mich achten wird.«

»Ich fühle mich geschmeichelt, Liebes«, meinte Hazel lächelnd. »Aber ich glaube nicht, dass so ein Gig mein Fall ist.«

»Sei mir nicht böse, Hazel, aber ich meinte eigentlich Sky.«

»Mich?«, sagte Sky verwundert, den Mund voller Eis mit Kekssstücken. Hazel dagegen machte einen leicht beleidigten Eindruck. »Du willst, dass ich dich morgen Abend zu Ollys Auftritt begleite?«

»Ja, das möchte ich. Vorausgesetzt, du hast Zeit.«

Sie nickte nachdenklich. »Klar, ich hab Zeit. Von Gustav habe ich die ganze Woche nichts gehört, deshalb denke ich, dass unser Plan, uns dieses Wochenende zu treffen, hinfällig ist.«

»Ihr habt immer noch nicht miteinander gesprochen?«

»Nö. Ich versuche, nicht allzu viel darüber nachzudenken.«

»Das tut mir so leid, Sky.«

»Ist man denn schon getrennt, wenn der andere noch nicht mal anruft, um mit einem Schluss zu machen? Ist es so, dass diese Typen … sich einfach nicht mehr melden?«

»Ich kann nicht glauben, dass Prinz Gustav so etwas tun würde«, sagte ich kopfschüttelnd. »Er war doch so verknallt in dich.«

»Er ist schon seit einer Weile recht distanziert. Ich hätte es kommen sehen müssen. Aber egal, jetzt bin ich in London, deshalb halte ich es auch wie die Briten – von wegen Haltung bewahren und so. Ein Konzert morgen Abend klingt doch prima«, sagte sie und setzte ein tapferes Lächeln auf. »Wenigstens etwas, worauf ich mich freuen kann.«

Als wir den Konzertsaal betraten, war ich unendlich erleichtert, Sky an meiner Seite zu haben. Den ganzen Tag über war ich schrecklich nervös gewesen, und während der Fahrt dorthin wurde mir bewusst, dass meine Hände schweißnass waren. Echt eklig.

»Keine Sorge«, sagte Sky, als sie merkte, wie ich mir auf die Unterlippe biss, während wir den Raum voller Leute betraten, die sich angeregt unterhielten. »Ich werde nicht zulassen, dass Ella irgendwelche Gemeinheiten zu dir sagt. Wenn sie eine echte Diva erleben will, dann will ich ihr den Gefallen gern tun.«

Ich lachte. »Danke, Sky. Aber keine Sorge. Ich werde dafür sorgen, dass sich heute Abend keinerlei Dramen abspielen, selbst wenn es bedeutet, dass ich zu Ella nett sein muss.«

Es dauerte nicht lange, da schauten die ersten Leute zweimal hin und stießen sich gegenseitig mit den Ellbogen an, als sie Sky sahen, die an meiner Seite den Raum durchquerte. Wir hielten auf Cal, Ella und Grace zu, die direkt in der Mitte des Saals standen.

»Hey«, begrüßte ich die anderen gut gelaunt, als wir vor ihnen standen. »Wir haben Olly doch noch nicht verpasst, oder?«

»Hey, du bist ja auch da!« Cal lächelte. »Nein, sie waren noch nicht dran. Du hast noch nichts verpasst.«

Grace stieß einen Freudenschrei aus und fiel mir um den Hals. »Olly wird sich so freuen, dass du es tatsächlich geschafft hast.«

»Ist doch klar. Es ist hoffentlich okay, dass ich eine Freundin mitgebracht habe.«

Sky trat vor, um Grace zu umarmen, und während die ununterbrochen darauf herumritt, dass sie es einfach nicht fassen könne, dass Sky ihren Namen noch wusste, und fragte, ob wohl die Möglichkeit bestünde, ein paar Selfies mit ihr zu machen, stand ich betreten neben Cal und Ella.

Mir war nicht entgangen, dass Ellas Miene sich verdüstert hatte, kaum dass ich eintraf, deshalb wollte ich versuchen, das Eis zu brechen, nur damit sie wusste, dass ich keinen Stress wollte.

»Dein Outfit gefällt mir, Ella«, sagte ich und deutete mit dem Kinn auf ihr schwarzes Seidentop und die zerrissene Jeans. »Du siehst echt hübsch aus. Und du trägst diesen Himbeer-Lipgloss?«

Sie zögerte, weil sie das Kompliment offenbar völlig unvorbereitet traf, doch dann antwortete sie: »Es ist der mit Erdbeergeschmack.«

»Der steht dir echt prima.«

»Danke.«

Zum Glück wurde in dem Moment das Licht heruntergedimmt, und die erste Band kam auf die Bühne, deshalb musste ich mich nicht weiter um ein Gespräch bemühen. Doch als alle zu klatschen begannen, begegnete ich Cals Blick.

Er sah mich mit diesem für ihn typischen durchtriebenen Grinsen an. Ich hatte es schon eine ganze Weile nicht mehr an ihm gesehen, und im ersten Moment freute ich mich riesig darüber, bis mir bewusst wurde, was ihn zum Lächeln gebracht hatte. Ich hatte mich nett mit dem Mädchen unterhalten, das er mochte. Und bei diesem Gedanken schwand auch das letzte bisschen Glück dahin, das ich gerade noch empfunden hatte.

Drei Bands traten auf, bevor Olly auf die Bühne kam, und während ich bei ihren Songs mitwippte, fiel mir auf, dass Cal unheimlich gut roch. Am liebsten hätte ich mich noch näher an ihn herangeschoben, nur um besser an ihm schnuppern zu können.

Was, wenn ich es mir recht überlegte, schon ein echt kranker Gedanke war.

Als ich es dann doch wagte, zu ihm rüberzutänzeln, streifte ich aus Versehen seinen Arm und verkrampfte mich sofort, weil ich mir der Berührung so überaus bewusst war. Und dann drehte sich Grace auch noch im selben Moment um und sagte: »Weißt du was, Flick? Wenn du so herumwackelst, siehst du aus wie ein Pinguin.«

Wie peinlich war das denn!

Ich beschloss daher, mich nicht von Cal und Ella unterkriegen zu lassen, zumal ich ja eigentlich wegen Olly hier war. Deshalb achtete ich darauf, ausgiebig mit den anderen zu jubeln und zu applaudieren, als Ollys Band auf die Bühne kam. Ich legte mich so richtig ins Zeug.

Plötzlich glaubte ich, Tanya aus dem Augenwinkel zu sehen.

Als Olly den ersten Song ankündigte, starrte ich direkt zu der Stelle, an der ich glaubte, sie erspäht zu haben. Doch sie war nirgends zu sehen. Wahrscheinlich drehte ich allmählich durch. Ich schüttelte den Kopf und rief, so laut ich konnte: »LOS GEHT'S, OLLY!«

Er musste mich gehört haben, da er nun das Publikum absuchte. Er blinzelte gegen die Scheinwerfer an, bis er mich schließlich entdeckte und ein breites Lächeln auf sein Gesicht trat.

Ich muss zugeben, die Bühnenbeleuchtung brachte seine perfekten Wangenknochen wirklich wunderbar zur Geltung.

Sie legten los mit ihrem ersten Song, und ich war vollauf damit beschäftigt, Ollys Wangenknochen zu bewundern, als ich Tanya erneut zu sehen glaubte. Sofort riss ich den Kopf herum. Mir stand der Mund offen. Ich hatte mir das also nicht eingebildet.

Tanya war trotz meiner Proteste zum Gig gekommen. Direkt neben ihr stand Francine. Sie führten eine Gruppe von Kameraleuten an und bahnten sich ihren Weg durchs Gedränge, sorgsam darauf bedacht, niemanden mit ihrem Equipment anzurempeln.

»Nein«, flüsterte ich, als Tanya mich entdeckte, in meine Richtung deutete und Francine auf mich aufmerksam machte. »Nein, nein, nein, bitte nicht.«

Panisch stupste ich Sky in den Rücken, worauf sie sich grinsend umdrehte. »Hey, Olly ist echt gut. Der Song hat eine irre schöne Melodie.«

»*Sie sind hier*«, rief ich.

Sie folgte meinem Blick, und als sie sah, wen ich meinte, klappte ihr die Kinnlade hinunter.

»Oh mein Gott! Was willst du jetzt tun?«

»Sie müssen gehen«, erklärte ich wütend. »Ich werde sie bitten, zu verschwinden, ohne für großes Aufsehen zu sorgen.«

Ich ließ Cal stehen und kämpfte mich mit den Ellbogen durch die Massen, um die Fernsehcrew aufzuhalten, doch es war zu spät. Bis ich sie endlich erreicht hatte, waren sie schon so vielen Leuten mit ihren Kameras und Mikrofonen in die Quere gekommen, dass bereits vereinzelte Buhrufe laut wurden und man sie unbeherrscht anbrüllte.

»Tanya, was machen Sie denn hier? Sie müssen verschwinden!«, bettelte ich.

Tanya war offenbar ebenfalls zu der Erkenntnis gekommen, dass hier viel zu viele Menschen waren und es außerdem viel zu laut war für Filmaufnahmen, deshalb wies sie ihre Leute an, wieder kehrtzumachen. Nur dass der Raum leider so überfüllt war, dass sie auf dem Rückweg für noch mehr Unruhe sorgten. Ein Mädchen bekam ein Mikro an den Kopf, und als der Tontechniker die Mikrofonstange wieder von ihr wegschwenkte und sich dabei wortreich entschuldigte, schaffte er es, vier weitere Leute damit zu treffen. Die wenigen, die von der Anwesenheit des Filmteams noch nicht völlig genervt waren, sprangen währenddessen vor die Kameras und riefen: »Filmt mich, filmt mich! Hi, Mum!«

Vier Leute vom Sicherheitsdienst drängelten sich zu uns durch und wiesen Francine an, sofort zu verschwinden, während sie zurückbrüllte, sie sollten Platz schaffen, damit ihre Crew das Equipment aufbauen könne. Sie bestand darauf, dass sie vom Organisator des Wettbewerbs eine Drehgenehmigung habe.

»Francine«, erklärte ich mit fester Stimme. »Ihr müsst gehen, alle! Ich weigere mich, hier zu drehen.«

»Flick«, ertönte da Cals Stimme neben meinem Ohr. Offenbar war er gekommen, um mir Beistand zu leisten. »Du musst sie hier rausschaffen. Sie ruinieren Ollys Auftritt!«

»Ich versuche es ja! Cal, ich schwöre es, ich wusste nicht, dass sie kommen – du musst mir glauben«, flehte ich und hoffte, er möge mich über die vielen Buhrufe und das Gebrüll hinweg verstehen.

Er kam nicht dazu, zu antworten, weil nun das Galgenmikrofon zu ihm hinschwang und er sich rasch ducken musste, ehe er den Tontechniker anbrüllte: »Also echt, Mann, kannst du das Ding nicht mal richtig festhalten?«

Ich war vollauf damit beschäftigt, den Crewmitgliedern zu sagen, sie sollten verschwinden, und war so eingenommen von dem allgemeinen Chaos, das sie heraufbeschworen hatten, dass ich gar nicht mitbekam, dass die Band aufgehört hatte zu spielen, bis das Filmteam schon fast zur Tür hinaus war.

Ich drehte mich um und blickte hinauf zur Bühne, auf der Olly stand und mich kopfschüttelnd ansah. Er machte einen ziemlich unglücklichen Eindruck. Die anderen Bandmitglieder sahen einander ratlos an, offenbar wussten sie nicht, was sie tun sollten.

»Du gehst jetzt besser«, sagte ein Security-Typ schroff zu mir, und seine Aufforderung war in der plötzlichen Stille im Saal laut und deutlich zu hören. »Sofort.«

Ich tat ihm den Gefallen, kämpfte mich zur Tür durch und hinaus in die kalte Nachtluft, unter den vorwurfsvollen Blicken der Leute, die meinen Abgang mitverfolgten.

KAPITEL 21

Ich hatte gerade eine neue Packung Schokolinsen geöffnet, als aus der Dunkelheit eine Stimme ertönte.

»Flick.«

Erschrocken schrie ich auf, die Tüte flog mir aus der Hand, und der Inhalt verteilte sich über den Boden.

»Warum machst du das andauernd!«, fuhr ich Mum an, die sich die Hand vor den Mund geschlagen hatte und kicherte. »Der Chefkoch hat mir das letzte Mal noch nicht verziehen. Ihm ist nämlich nicht entgangen, dass ein paar Packungen gefehlt haben, weißt du?«

»Ja, ich weiß.« Lachend schlenderte sie zum Schrank und holte Kehrschaufel und Besen heraus. Sie hielt mir beides hin. »Er wollte mir nicht glauben, als ich ihm sagte, das sei Matthew gewesen. Keine Ahnung, warum. Ich überlass das dir, während ich uns eine neue Tüte besorge.«

Ich fegte die Schokolinsen auf und beförderte sie in den Müll, ehe ich in Pantoffeln durch die Küche schlurfte und mich zu Mum gesellte, die an den Backschrank gelehnt dasaß und sich gut gelaunt über die Packung Schokolinsen hermachte.

»Also«, fing sie an, während ich ebenfalls Schokolade in mich reinfutterte. »Wie ich hörte, war der Gig neulich ziemlich schrecklich.«

»Ich will NICHT darüber reden.«

»War es so schlimm?«

»Es war FÜRCHTERLICH!« Ich zog die Knie an die Brust und legte die Arme darum. »Irgendwie habe ich es geschafft, alles noch schlimmer zu machen, dabei wollte ich doch nur, dass alles wieder gut wird.«

»So ergeht es jedem irgendwann mal«, sagte sie. »Glaub mir.«

»Ja, aber ich habe es so richtig verbockt.« Ich steckte mir noch eine Schokolinse in den Mund. »Jetzt habe ich gar keine Freunde mehr.«

»Zufällig weiß ich, dass das nicht stimmt. Mir ist nämlich zu Ohren gekommen, dass Sky und du euch gestern Abend den Zimmerservice habt kommen lassen, als ihr euch einen Film angesehen habt.« Sie schaute mich mit hochgezogenen Augenbrauen an. »Ein kleines Vögelchen hat mir gezwitschert, du hättest fünf Becher Eis bestellt?«

»Der Chefkoch ist so ein Verräter!«, schnaubte ich augenrollend. »Wir waren uns nicht sicher, auf welche Geschmacksrichtung wir Lust hatten. Außerdem war es ein Notfall.«

»Eine weise Entscheidung, gleich sämtliche Sorten zu bestellen.«

Nach dem ereignisreichen Abend bei diesem Konzert und angesichts ihres aktuellen Beziehungsstatus hatte Sky beschlossen, dass ein Filmabend mit reichlich Eis angeraten sei. Nach der Hälfte des ersten Films hatte ihr Handy gepiepst.

»Eine Nachricht von Gustav!«, sagte sie erstaunt.

»Was schreibt er?«, fragte ich ungeduldig.

Sie las die Nachricht. »Er will, dass wir uns treffen.«

»Und, wirst du hingehen?«

Sie hatte nachdenklich am Kissen herumgezupft. »Klar. Denke schon. Ich schätze, wir müssen das Ganze zu einem ordentlichen Abschluss bringen, das ist wichtig.«

Sie sah traurig aus.

»Abschluss. Klar.« Ich nickte. »Das klingt sehr ... vernünftig.«

Sie warf mit dem Kissen nach mir und gab bekannt, dass wir für den Rest des Abends nicht mehr über Prinz Gustav ODER den Gig reden sollten. Aber ich konnte nicht aufhören, darüber nachzudenken, dass ich es mir mit allen meinen Freunden verscherzt hatte. Ich schämte mich viel zu sehr, um irgendeinem von ihnen eine Nachricht zu schicken oder anzurufen, deshalb hatte ich kurzerhand mein Handy ausgeschaltet. Als ich es heute Morgen hoffnungsfroh wieder anstellte, wurde mir schwer ums Herz. Keine neuen Nachrichten.

»Ich würde sagen, damit haben sich meine schlimmsten Befürchtungen bestätigt, auch wenn ich gehofft hatte, dass es nicht so kommen würde«, sagte ich zu Mum, nachdem ich ihr erzählt hatte, was beim Konzert passiert war.

»Was denn?«

»Dass ich letzten Endes doch kein guter Mensch bin«, sagte ich leise. »Dass ich tatsächlich eine verwöhnte, dumme Diva bin, die sich wegen Designerhandtaschen streitet und in einem plötzlichen Wutanfall einen Stand voller Cupcakes umschmeißt. Dass ich es nicht verdient habe, auf der Liste mit den Top 50 der Erbinnen zu stehen. Du hättest Ollys Gesicht sehen sollen, als ich den Auftritt seiner Band ruiniert habe. Ich befürchte, der redet nie wieder ein Wort mit mir.«

»Er kriegt sich schon wieder ein. Sie alle. Gib ihnen Zeit.« Sie zog ihre Strickjacke enger um ihren Körper. »Niemand ist perfekt, Flick. Du konntest nicht ahnen, dass die Kameracrew auftauchen würde. Sobald sich die Wogen wieder geglättet haben, werden deine Freunde das einsehen.«

»Ja, wahrscheinlich.« Ich zögerte. »Mum?«

»Jaaaaa?«

»Kann ich dir ein Geheimnis anvertrauen?«

Sie lächelte. »Ich bin ganz Ohr.«

Ich tat einen tiefen Atemzug, ehe ich mit folgenden Worten herausplatzte: »Ich bin mir nicht sicher, ob ich ein Reality-TV-Star sein will.«

Sie hob die Augenbrauen. »Ernsthaft?«

»Ich weiß, es klingt völlig verrückt, aber ich habe nachgedacht. In den letzten paar Tagen, als ich diese ganzen Fernsehleute nicht um mich hatte … da haben sie mir kein bisschen gefehlt. Eigentlich war ich sogar erleichtert.«

Als sie nichts entgegnete, beschloss ich, weiterzureden, und ehe ich michs versah, hatte ich zu einer weit ausholenden Rede angehoben. Ich redete mir alles von der Seele, ohne dass ich es verhindern konnte.

»Ich dachte, wenn ich diese Fernsehshow mache, kann ich allen mein wahres Gesicht zeigen. Aber stattdessen bin ich jetzt verwirrter denn je. Ich weiß einfach nicht mehr, wer ich *wirklich* bin! Und ich hasse die ganzen bescheuerten Kameras, ständig halten sie auf mein Gesicht drauf, und ich fühle mich total unwohl und unsicher, egal, was ich tue. Vor laufender Kamera kann man keine echten Gespräche führen, und dann lässt Francine einen ständig die immer gleichen Sätze wiederholen, wieder und wieder und wieder, bis einem nichts von alledem mehr echt vorkommt. Nur dass sie der Ansicht ist, es käme noch viel *realer* rüber. Was für mich TOTALER Quatsch ist. Und Fritz ist neuerdings auch supermies drauf und schmollt, weil ich viel mehr Instagram-Posts für mich selbst mache als für ihn, und ich habe kaum mehr Zeit für Spaziergänge mit ihm, und wenn wir doch mal rauskommen, können wir nicht mehr in den Park gehen, wo er doch eigentlich am liebsten ist, weil es dort keine Drehgenehmigung gibt. Deswegen müssen wir neuerdings in diesen anderen, bescheuerten Park gehen, wo keine Eichhörnchen sind, die er ankläffen kann, nur reihenweise tipptopp gepflegte Blumenbeete und makellos lackierte Bänke.«

Ich legte eine kurze Pause ein, um wieder zu Atem zu kommen.

»Und meine Füße tun mir auch weh von diesen Schuhen.«

»Den Schuhen?«

»Manchmal muss ich mehrmals am Tag die Schuhe wechseln, genau wie meine Outfits, damit es so aussieht, als würden wir an verschiedenen Tagen filmen. So hat es den Anschein, als hätten sich die Dreharbeiten über einen längeren Zeitraum hingezogen«, erklärte ich. »Und neue Schuhe scheuern so gut wie immer. Meine Füße sind schon völlig wund gerieben.«

»Oh.« Mum stieß die Luft aus. »Daran hatte ich gar nicht gedacht.«

»Tja, dann legen wir doch eine kurze Gedenkminute für meine armen Füße ein.« Ich wackelte mit den Zehen. »Ich hab alles ruiniert, oder?«

»Nein, hast du nicht«, besänftigte mich Mum und streckte die Hand aus, um mir eine Haarsträhne hinters Ohr zu streichen.

»Das sagst du doch nur, weil du meine Mutter bist.«

»Möglich, zum Teil schon«, gab sie zu, legte den Arm um mich und zog mich an sich.

»Ich wünschte, ich müsste diesen dämlichen Ball nicht veranstalten«, sagte ich mit einem tiefen Seufzen. »Aber die Einladungen sind bereits raus, alle haben sich solche Mühe gegeben. Deshalb ist es ein bisschen zu spät, um das abzusagen. Es ist lächerlich. Ich veranstalte einen Wohltätigkeitsball, und dann darf ich noch nicht mal mitentscheiden, wer auf der Gästeliste stehen soll und welchem Zweck der Erlös zugutekommt.«

Mums Miene wirkte nachdenklich.

»Und die einzigen Leute, die ich wirklich gern dabeihätte, kommen höchstwahrscheinlich nicht, weil ich es verbockt habe«, fügte ich noch hinzu. »Ich habe alle enttäuscht.«

Es folgte ein Moment der Stille, ehe Mum etwas sagte.

»Weißt du noch, das ist schon eine ganze Weile her, als ich dir diesen Spielzeugdinosaurier gekauft habe?«

»Einen Spielzeugdinosaurier? Verwechselst du mich da nicht mit Cal?«

Bei dem Gedanken an ihn durchfuhr mich ein stechender Schmerz. Ich ertrug die Vorstellung nicht, er könnte schlecht von mir denken. Er musste ja so was von enttäuscht sein von mir. Vermutlich war er in diesem Moment mit Ella zusammen, die ihm erklärte, sie hätte ihm ja gesagt, wie ich so sei.

»Nein, das warst ganz bestimmt du.« Sie lachte. »Du hast ihn geliebt und ihn überallhin mitgeschleppt. Ein weltberühmter Schauspieler, der damals seinen nachmittäglichen Tee hier im Hotel einnahm, hat dich damit gesehen und dich gefragt, ob er sich den Dinosaurier mal ansehen dürfe. Und weißt du, was du gesagt hast?«

»Hm, vielleicht so was wie ›Das ist Cals lahmes Spielzeug, nicht meins. Bitte denken Sie jetzt nicht schlecht von mir‹?«

»Du hast gesagt ›Das ist kein Dinosaurier, das ist ein Drache‹. Nach einer Weile nickte der Schauspieler und meinte: ›Ach so, jetzt sehe ich es auch, das ist wirklich ein Drache.‹«

Sie sah mich mit einem vielsagenden Blick an, als hätte sie soeben eine uralte Weisheit mit mir geteilt. Doch ich starrte sie nur ratlos an.

Ich hatte wirklich keinen Schimmer, worauf sie hinauswollte.

»Und was ist die Moral von der Geschichte? Gibt es eine? Oder ist das bloß so ein typisches Elternding, aus irgendwelchen unerfindlichen Gründen mit irgendwelchen nostalgischen Erinnerungen aus der Kindheit daherzukommen?«

»Was ich damit sagen will«, antwortete sie und hielt kurz inne, um tief Luft zu holen, »ist, dass man so gut wie alles auch aus einer völlig anderen Perspektive betrachten kann. Und dann sieht die Welt gleich anders aus.«

Es folgte ein längeres Schweigen. Mum sah mich mit hochgezogenen Augenbrauen an.

»Na ja, sei mir nicht böse, Mum – ich finde, das hätte tatsächlich ein richtig magischer Moment werden können, wie im Film, aber mit deinem komischen Gerede machst du es mir nicht leicht.«

»Mach die Dinge besser, indem du sie auf deine Art angehst!«, rief sie entnervt. »Du hast diesen Ball organisiert, den kannst du nicht mehr absagen. Also gestalte ihn dir so, wie du ihn gern haben möchtest.«

»Oooooh, ach so.« Ich nickte. »Verstehe. Hättest du das nicht gleich deutlicher sagen können?«

»Das war aber eine schwere Geburt«, schnaubte sie, während sie die Augen schloss und sich an den Schrank zurücklehnte.

»Es ist zwei Uhr nachts«, rief ich ihr ins Gedächtnis. »Wir sollten besser ins Bett gehen.«

Doch als ich wieder in meinem Bett lag, konnte ich kein Auge zutun. Weil ich nämlich an meinem genialen Plan feilte, wie ich alles wiedergutmachen würde.

Es war an der Zeit, aus dem Dinosaurier einen Drachen zu machen.

KAPITEL 22

Als Erstes kaufte ich für Grace eine Schildkröte.

Eigentlich hatte ich vor, ihr eine Landschildkröte zu kaufen. Aber dann wurde es doch eine Sumpfschildkröte. Die sich als Meeresschildkröte entpuppte.

Kein guter Start, wo ich mich doch aufrichtig entschuldigen wollte.

»Ein Freund für deine Schildkröte Bruce!«, rief ich, als ich mit dem Aquarium in der Hand bei ihr auf der Matte stand. »Die ist für dich.«

Blinzelnd sah sie mich an. »Für mich?«

»Klar! Als kleine Entschuldigung. Weil ich dir den Abend neulich ruiniert habe und weil ich in letzter Zeit kaum für dich da war. Ich hoffe, dass ich das alles wiedergutmachen kann.« Ich deutete mit dem Kinn auf das Aquarium. »Ich nenne ihn bis jetzt noch Schildkröte, du weißt schon, der Einfachheit halber, aber du darfst gern einen einfallsreicheren Vorschlag bringen.«

»Ähm, Flick?«, sagte Grace, als sie das Aquarium entgegennahm. »Du weißt schon, dass das keine Landschildkröte ist wie Bruce, oder?«

»Wie?«

»Das ist keine Landschildkröte.«

»Wieso ist das keine Landschildkröte?«

»Weil es eine Meeresschildkröte ist.«

»Was soll das sein?«

»Findest du es nicht komisch, dass da Wasser drin ist?«

»Warum sollte das komisch sein?«

»Weil Landschildkröten Lebewesen sind, die an Land leben.«

»Ist das zu fassen!«

»Was ist denn hier los?«, fragte Olly, der unvermittelt hinter Grace in der Tür aufgetaucht war. Er machte ein langes Gesicht, als er mich auf der Schwelle stehen sah.

»Hey, Olly!«, sagte ich und versuchte, möglichst munter und unbeschwert zu klingen.

»Flick hat mir eine Schildkröte vorbeigebracht. Eine Meeresschildkröte.«

»Oh«, machte er und linste in den Behälter. »War dir das denn nicht klar? Immerhin schwimmt sie im Wasser!«

»Woher soll ich denn den Unterschied kennen? Oh Mann, dann passen Bruce und Schildkröte ja gar nicht zusammen!«

»Ich mag ihn.« Grace grinste und betrachtete das Tier mit glücklicher Miene. »Willst du nicht reinkommen?«

Verlegen folgte ich ihr hinein ins Wohnzimmer, wo ich mich unbeholfen den beiden gegenüber aufs Sofa setzte.

»Danke für die Meeresschildkröte«, sagte Grace. »Ich wollte sowieso schon immer eine Schildkröte, die im Wasser lebt.«

»Oh. Gut«, sagte ich. »Das ist ja wohl das Mindeste, was ich tun kann, um mich zu entschuldigen ... weil ich mich so rar gemacht habe.«

»Das ist schon okay. Ich weiß doch, dass du mit den Dreharbeiten beschäftigt warst.«

»Tja, hör zu, deswegen ... Ich war ziemlich egoistisch bei der ganzen Sache und habe mich ein bisschen zu sehr mitreißen lassen. Tja, ich hoffe, du weißt es schon ... aber nur für den Fall, dass es in letzter Zeit nicht deutlich geworden ist: Deine

Freundschaft ist mir viel wichtiger als eine bescheuerte Fernsehshow. Dabei wollte ich nur beweisen, dass ich nicht die Person bin, als die Nancy Rose mich nach dem Handtaschen-Gate hat dastehen lassen.«

»Das wissen wir doch«, erklärte Grace in sanftem Ton. »Und die Show ist eine großartige Chance; ich finde es gut, dass du dich so ins Zeug legst. Ich möchte nicht, dass du dich wegen Nancy Rose schlecht fühlst.«

»Wenn ich ehrlich bin, ist mir klar geworden, dass mir viel wichtiger ist, was ihr denkt, als das, was diese Nancy oder die Allgemeinheit denkt«, sagte ich mit fester Stimme.

Grace lächelte, und ich wandte mich Olly zu.

»Die Sache mit eurem Auftritt tut mir so leid, Olly. Das war so nicht geplant. Ich wollte einfach nur dabei sein, dich anfeuern, und ich habe denen auch ausdrücklich gesagt, dass ich keine Kameras will«, erklärte ich mit einem Seufzen. »Es tut mir so leid, dass wir euren Gig gestört haben, das hat alles ruiniert. Und ich hoffe, du und der Rest der Band könnt mir verzeihen.«

Er hob den Blick und sah mir unverwandt in die Augen, sodass sich ein Kloß in meiner Kehle bildete. Ich musste schlucken.

»Grace hat mir schon erzählt, dass du nicht schuld warst, sondern dass die einfach so mit ihren Kameras aufgetaucht sind«, beruhigte er mich und sah mich eindringlich an. »Aber warum hast du am Tag darauf nicht angerufen? Du hast überhaupt nichts von dir hören lassen.«

Sein Gesichtsausdruck verriet mir, dass er nicht wütend war. Nur verletzt.

»Mir war das alles so unsagbar peinlich. Ich dachte, du müsstest total sauer auf mich sein, weil du nämlich jedes Recht dazu hattest. Und ich wollte nicht alles noch schlimmer machen. Aber es hat mir keine Ruhe gelassen. Dauernd denke ich darüber nach. Und ich glaube, ich weiß jetzt, wie ich es wiedergutmache. Wenn du mich lässt.«

Seine Augenbrauen wanderten nach oben.

»Es ist im Grunde Teil eines größeren Plans, weil ich ein paar Dinge geradebiegen muss«, erklärte ich. »Es hat mit dem Ball zu tun, den ich veranstalte. Ich hoffe, ihr beide habt immer noch vor, zu kommen. Aber ich würde absolut verstehen, wenn ihr sauer auf mich wärt und nichts davon wissen wollt. Wenn ihr lieber erst mal nichts mehr mit mir zu tun haben wollt, dann gehe ich wieder.«

Olly wechselte einen Blick mit Grace, dann kräuselten sich seine Mundwinkel ganz plötzlich zu einem Lächeln, und eine Woge der Wärme schwappte über mich hinweg. Die Angst, die ich bei dem Gedanken verspürt hatte, ich könnte Olly als Freund verlieren, begann zu verblassen.

»Nein, ich will nicht, dass du gehst, Flick. Ich hab dich schließlich lange genug nicht mehr gesehen«, sagte er und hielt den Blick fest auf mich gerichtet. »Was auch immer du vorhast, ich bin dabei.«

Erleichtert atmete ich auf. »Gut. Das ist spitze. Dann möchte ich euch ganz offiziell für heute zum Abendessen ins Hotel Royal einladen, damit ich euch in meinen Plan einweihen kann.«

»Klingt gut. Kommt Cal auch?«, wollte Grace wissen.

»Ähm ...« Ich linste runter auf meine Hände. »Mit ihm habe ich noch nicht gesprochen. Matthew hat mir erzählt, sie hätten heute eine Art Familientreffen. Ich bin mir nicht sicher, ob er immer noch vorhat, zum Ball zu kommen. Beim Gig sah er ziemlich wütend aus.« Mir wurde schwer ums Herz, als ich sein grimmiges Gesicht wieder vor mir sah, kurz bevor dieses Mikrofon ihn fast getroffen hätte.

»Er weiß genau, dass das, was beim Konzert passiert ist, nicht deine Schuld war«, versicherte Grace mir. »Genau wie wir auch. Du solltest ihm eine Nachricht schicken. Und ihm vielleicht auch eine Schildkröte kaufen.«

Ich musste grinsen. »Ja, oder? Wenn jemand eine Schildkröte verschenkt, muss man demjenigen einfach verzeihen. Tja, sollen wir dann essen gehen? Ich bin am Verhungern, und ich weiß zufällig, dass der Chefkoch heute Morgen was von seinem legendären Schokomousse gemacht hat. Der Menüplan für heute Abend ist also schon mal vielversprechend.«

»Bevor wir ins Hotel fahren, Flick, muss ich dir noch etwas sagen«, erklärte Grace mit ernster Miene. »Ich habe in letzter Zeit einige Nachforschungen angestellt …«

»Ja, Olly hat schon erwähnt, dass du an einem geheimen Projekt arbeitest«, antwortete ich und sah Olly an.

»Willst du uns jetzt endlich verraten, was du ausgeheckt hast?«, fragte Olly erwartungsvoll.

Grace nickte. »Ich dachte mir, dass es vielleicht wichtig für dich ist, Flick, die Wahrheit zu kennen.«

»Die Wahrheit? Welche Wahrheit denn?«

Sie holte tief Luft.

»Ich weiß jetzt, wer Nancys Informantin ist«, sagte sie. »Und eins kann ich dir sagen: Es ist nicht die, von der du dachtest, dass sie es ist.«

Weißt du, was witzig ist? Alle sagen, ich soll dir schreiben. Erst Audrey und Matthew und jetzt Grace. Du redest wohl recht viel über mich in meiner Abwesenheit?

Hi, Flick!

Hi, Cal. Egal, ich wollte dir nur sagen, dass ich im Internet nachgeforscht habe. Willst du wissen, was ich herausgefunden habe?

Sag's mir …

Flick Sprogg gibt es wirklich!! Komischerweise ist sie 74 Jahre alt und lebt in Ohio. Ich hab sie auf Facebook gefunden, falls du nachsehen willst, ob sie es ist.

Ich überleg's mir.

Sehen wir uns beim Wohltätigkeitsball? Du weißt schon, das große Finale meiner Show. Wusstest du, dass ich eine Fernsehserie drehe? Ich weiß nicht, ob ich das erwähnt habe …

Haha. Danke, ich glaube nicht. Vor der Kamera stehen ist nicht so meins. Aber viel Spaß trotzdem!

Okay, Callum. Ich weiß genau, dass du schwindelst, weil dein Dad nämlich durchsickern lassen hat, dass du heute Morgen auf der Suche nach deiner Fliege warst. Angeblich hast du zu ihm gesagt, nur für den Fall, dass du sie brauchst.

Das war wegen was anderem.

Ach, echt?

Jep.

Noch eine Abendveranstaltung?

Ganz genau.

Was denn für eine?

Ein Ball.

Wow! Wer gibt denn noch so einen schicken Ball?

Ein Typ, den ich kenne.

Hey! Ich glaub, den kenne ich auch!

Okay, okay. Es gibt keinen anderen Ball.

IST NICHT WAHR!

Das heißt aber nicht,
dass ich zu deinem komme.

Nicht einmal, wenn Ella auch kommt?

Du hast Ella eingeladen?
Das nehme ich dir nicht ab.

Frag sie doch. Wir haben gerade
telefoniert. Weißt du, wenn deine
komplette Redaktion da ist, solltest du
dich vielleicht auch blicken lassen.

Ich schätze, es wäre unverantwortlich,
nicht zu kommen. Danke, Flick.

Gut. Also, tut mir leid.
Das mit dem Gig. Und alles.

Du konntest schon immer
gut mit Worten umgehen.

Flick Sprogg wohnt gar nicht in Ohio.

Ich weiß ...

Sie ist auch keine 74!

Das weiß ich auch!

Sie wohnt in London, und
ihrem Instagram-Account zufolge
ist sie richtig gut im Legobauen.

Hör auf, sie zu stalken!

Ich stalke sie nicht. Aber mal im Ernst, dieses Schloss, das sie 2014 gebaut hat, war schon echt mega. Hast du das gesehen? Du musst es gesehen haben. Weil ihr ja so dicke Freunde seid.

Nein. Ich habe ewig nicht mit ihr gesprochen. Wir sind keine Freunde.

HA! Nimm das, Flick Sprogg! Es kann nur eine Flick geben!

Gute Nacht, Flick xx

Denkst du, sie baut mir einen Legodrachen, wenn ich sie nett bitte?

KAPITEL 23

»Bist du so weit?«, fragte Mum.

»Ich glaube schon«, gab ich etwas unsicher zurück und sah mich in dem überfüllten Ballsaal um. »Obwohl, ich bin schon etwas nervös, mir ist ein bisschen schlecht. Ich wünschte, jemand anderer könnte meine Ansprache halten, und ich verschwinde derweil und verstecke mich irgendwo. Und wenn alles vorbei ist, komme ich wieder raus.«

»Und was soll das bringen? Du verpasst ja das Beste.« Mum lächelte. »Außerdem sollte man sich in einem Kleid wie deinem nicht verstecken.«

Ich musste zugeben, Lewis Blume hatte sich mit meinem Kleid für den Ball diesmal wirklich selbst übertroffen. »Es muss noch umwerfender werden als das, das ich dir für den Weihnachtsball entworfen habe«, hatte er verkündet, als ich ihm die Situation erklärte und was ich für den Abend geplant hatte. »Überlass das nur mir!«

An Weihnachten hatte ich ein Kleid in Smaragdgrün getragen, diesmal war es eines in einem wunderschönen intensiven Königsblau. Es war handbestickt mit kleinen Perlen, vom hochgeschlossenen Kragen bis hinunter zur zarten, kunstvoll verzierten Taillenbordüre. Der Rock war aus Satin mit langer Schleppe. Unsere hoteleigene Kosmetikerin, Danielle, hatte mir bestätigt, ich sähe aus, als käme ich direkt aus dem Film *Ein Sommernachtstraum,* deshalb beschloss ich, meine Haare passend zu diesem Thema zu stylen und sie zu einem superhübschen Haarkranz zu flechten.

Mittlerweile waren fast alle Gäste eingetroffen und sahen sich den wunderbaren Auftritt von Sky an, die einige Songs von ihrem neuen Album zum Besten gab, begleitet von einem Pianisten. Prinz Gustav stand rechts vorn neben der eigens für diesen Abend errichteten Bühne und bewegte sich zur Musik, wobei er verträumt zu Sky aufsah, ohne auf die Gäste zu achten, die auf ihn zukamen und ihn ansprachen.

Sky hatte ihn an diesem Morgen getroffen, und wie sich herausstellte, dachte er nicht im Traum daran, mit ihr Schluss zu machen. Er war so unglaublich verliebt in sie, dass er befürchtet hatte, sie könnte ihn vergessen, sobald sie wieder zu Hause in L. A. war.

»Deswegen hat er sich von mir distanziert. Er wollte nicht verletzt werden, wenn ich die Sache mit ihm beende«, hatte Sky mir erzählt, während wir uns gemeinsam für den Ball hübsch machten. »Ich habe ihm erklärt, dass ich durchaus an einer längerfristigen Beziehung interessiert bin. Sofern er das auch will.«

»Und?«, hakte ich nach. Ihr Blick hatte sich verschleiert, und mit einem Mal trat ein entrückter Ausdruck auf ihre Züge. Sie lächelte wie benebelt.

»*Und* er hat mich gefragt, ob ich mit ihm zusammenziehen will. Er hat sich gerade eine Wohnung in London gekauft.«

»UND?«, fragte ich erneut. Mir stand der Mund offen. »WAS HAST DU GEANTWORTET?«

»Na, was wohl!« Sie musste lachen, als sie meinen Gesichtsausdruck sah. »Ich habe Ja gesagt.«

Jetzt war ich FURCHTBAR heiser, weil ich in dem Moment vor lauter Freude laut loskreischen musste.

Wir umarmten uns, und ich war einfach nur glücklich.

Mum, Fritz und ich hatten den ganzen Abend an der Tür zum Ballsaal gestanden und die Gäste begrüßt, die nach und nach eintrudelten. Fritz sah besonders schick aus in seinem zu meinem Kleid passenden königsblauen Smoking, den Lewis Blume eigens für ihn kreiert hatte. Wobei er es äußerst ermüdend fand, Gäste zu begrüßen; deshalb hatte er sich auf sein kuscheliges Samtkissen zurückgezogen und ließ hechelnd die Zunge heraushängen, während ihm der französische Präsident den Bauch kraulte.

»Bislang läuft der Abend einfach perfekt«, sagte Mum. Sie ließ den Blick durch den Ballsaal schweifen, bis er an der Kameracrew hängen blieb, die von Francine und Hazel angeführt wurde. Sie befand sich in der hinteren Ecke des Ballsaals. Hazel deutete aufgeregt auf die berühmtesten Gäste und wies die Kameraleute an, sie zu filmen.

»Also«, fuhr Mum fort und eiste den Blick von Hazel los, die in diesem Moment den aktuellen Gewinner von *Let's Dance* vor die Kamera zerrte. »Wann willst du auf die Bühne?«

»Nach Skys Auftritt«, erklärte ich und musste grinsen, als ich Olly, Grace, Ella und Cal den Flur entlang zum Ballsaal kommen sah. »Jetzt sind alle hier.«

Mum kam mit einem Promikoch ins Gespräch, und ich stürmte auf Grace zu, um ihr um den Hals zu fallen. Sie sah sehr hübsch aus in ihrem türkisfarbenen Ballkleid, zu dem sie eine funkelnde silberne Clutch trug.

»Du siehst umwerfend aus!«

»Danke«, sagte sie. »Ich hab mir überlegt, zu Ehren von Schildkröte eine Farbe zu tragen, die an das Meer erinnert.«

»Du nennst ihn immer noch Schildkröte? Willst du ihm denn keinen anderen Namen geben?«, fragte ich sie.

»Nein. Ich bleibe bei dem Namen. Ich finde ihn eigentlich ganz schön.«

Lachend wandte ich mich Olly zu. Er sah blendend aus in dem schwarzen Smoking, sodass ich mich selbst dabei ertappte, wie ich rot wurde, als er sich zu mir herunterbeugte und mir einen Kuss auf die Wange drückte.

»Hey«, sagte er mit einem ultracharmanten Lächeln und zog sich wieder zurück. »Alle warten auf dich. Sag einfach, wenn du so weit bist, dann legen wir los.«

»Das werde ich«, gab ich zurück, und auf einmal verspürte ich ein nervöses Prickeln in den Fingerspitzen, da Sky gerade den letzten Song ihres Sets für diesen Abend ankündigte. »Danke für alles«, sagte Olly.

»Ehrlich, das ist doch das Mindeste, was ich tun kann«, antwortete ich und sah zu ihm auf. Ich war fast ein wenig weggetreten.

Seine Augen waren sooooooo was von hübsch. Beinahe so fesselnd wie das Kinn von Ethan Duke.

»Augen«, entfuhr es mir.

Blinzelnd sah er mich an. »Bitte, was?«

OH MEIN GOTT, ICH HABE GERADE VÖLLIG GRUNDLOS WAS VON AUGEN GESAGT!

Okay, jetzt mal im Ernst, warum konnte ich solche Details an Leuten nicht im Stillen bewundern, ohne dass ich sie gleich LAUT aussprach?

»Äh … ich sagte ›Auf geht's‹. Ich meine, wir können loslegen.« Verlegen räusperte ich mich. »Du solltest jetzt gehen und alles vorbereiten.«

»Na gut, also dann«, erklärte er sich einverstanden. Mit einem Mal wirkte er ganz aufgeregt. »Wir sehen uns nachher.«

Als er in der Menge verschwand, ertönte plötzlich Ellas Stimme hinter mir.

»Was ist da denn drin? Himbeere?«, fragte sie, während sie den pinkfarbenen alkoholfreien Cocktail inspizierte, den Timothy ihr angeboten hatte. Er passte perfekt zu ihrem blassrosa Kleid.

»Genau«, gab ich zurück und drehte mich zu ihr um. Ich war froh, nicht mehr im Bann von Ollys bescheuerten Augen zu stehen. »Jamie, unser Sommelier, hat die Mischung kreiert. Wie findest du sie?«

»Nicht schlecht.«

Ich holte tief Luft, um mich für das Folgende zu wappnen. »Ella, ich muss mich bei dir entschuldigen. Ich weiß jetzt, dass nicht du es warst, die diese ganzen Geschichten über mich an Nancy Rose weitergetratscht hat. Tut mir leid, dass ich dich verdächtigt habe.«

Sie zögerte und musterte mich nachdenklich, als müsste sie erst abwägen, ob sie meine Entschuldigung annehmen konnte.

»Nun ja«, sagte sie schließlich, »vielleicht solltest du in Zukunft erst mal die Faktenlage überprüfen.«

»Das werde ich«, versprach ich.

Sie nickte.

»Und iiiich«, sagte sie nun etwas leiser und verdrehte die Augen, als würde es ihr schwerfallen, den Rest ihres Satzes laut auszusprechen, »ich hätte dich nicht als Diva beschimpfen sollen, noch dazu vor laufender Kamera.«

Ich schenkte ihr ein warmherziges Lächeln. »Danke. Ich rechne es dir hoch an, dass du das sagst.«

»Bestens. Also, ich hole mir jetzt noch so ein Himbeerdings«, verkündete sie und streckte den Hals, um mir über die Schulter zu linsen.

Ich trat zur Seite, um sie durchzulassen. Jetzt war nur noch Cal übrig, den ich begrüßen musste.

»Hey«, sagte er und trat näher. »Hübsches Kleid.«

»Du hast deine Fliege also doch noch gefunden.«

»Na ja, ich hätte sie sowieso gebraucht für diesen anderen Ball, den dieser Typ veranstaltet«, sagte er mit einem breiten Grinsen. »Deswegen lag sie schon herum.«

Betreten stand ich da, weil ich nicht wusste, ob ich ihn umarmen oder ihm einen Kuss auf die Wange geben sollte. Ich meine, die Rede ist von CAL, den sehe ich so gut wie jeden Tag, entweder im Hotel oder in der Schule. Es wäre also eigenartig, wenn ich ihn jedes Mal mit einer Umarmung begrüßen würde, sobald wir uns sehen. Andererseits, bei solchen Veranstaltungen gehört es sich einfach, dass man seine Gäste begrüßt, auf welche Weise auch immer.

WAS MACHE ICH JETZT? WARUM GIBT ES EIGENTLICH FÜR SO WAS KEINEN RATGEBER?

Okay, Olly hatte mir einen Kuss auf die Wange gedrückt, das war sehr nett, deshalb kam ich zu dem Schluss, dass ich es bei Cal auch so machen würde. Mal ehrlich, ALLES war besser, als einfach bloß mit hochrotem Kopf dazustehen.

Ich machte also einen beherzten Schritt auf ihn zu, als mich jemand am Arm packte. Ich wirbelte herum und sah Hazel vor mir stehen, die mich anstrahlte.

»Der heutige Abend läuft GANZ wunderbar«, teilte sie mir mit und überprüfte nebenbei, ob meine Haare perfekt saßen. »Es sind genau die richtigen Leute gekommen. Das ist exakt, was wir brauchen, damit die Show ein durchschlagender Erfolg wird. Francine hat mir versichert, dass das ein perfektes Finale für die Pilotfolge ist, genau die Art von Flair, die sie sich erhofft hatte.«

»Es freut mich, dass es dir gefällt«, antwortete ich mit einem Blick Richtung Bühne, wo Sky soeben ihren letzten Song beendete und sich tief verbeugte.

»Du könntest ruhig ein bisschen mehr Begeisterung zeigen, Flick! Wir veranstalten das alles hier nur für dich, das ist dir doch klar!« Sie strahlte und deutete mit einer weit ausholenden Geste in den Ballsaal.

»Ach, wirklich?«, fragte ich und sah sie eindringlich an. Nur dass sie meine Frage offenbar gar nicht mitbekommen hatte.

»Was für eine Party! Ah, Tanya winkt mir«, sagte sie und nickte ihr zu. »Wir sehen uns später, Liebes.«

Damit rauschte sie auch schon an mir vorbei und kämpfte sich durchs Gedränge hinüber zu Tanya.

Ich begegnete Skys Blick auf der anderen Seite des Saals, und sofort riss sie den Arm hoch und reckte mir den hoch erhobenen Daumen entgegen. Ich drehte mich zu Cal und Grace um.

»Okay, jetzt bin ich dran«, sagte ich und schluckte den Kloß hinunter, den ich plötzlich in der Kehle spürte. »Wünscht mir viel Glück.«

»Viel Glück!«, trällerte Grace, während Cal mit einem amüsierten Gesichtsausdruck danebenstand.

Ich machte mich auf den Weg zur Bühne, nahm das Mikrofon vom Ständer und tippte es sachte an, um zu hören, ob es immer noch eingeschaltet war.

»Guten Abend«, begann ich, und sofort überkam mich ein nervöser Schauder, als sich ein Meer von Gesichtern mir zuwandte. »Ich bin Flick Royal. Danke, dass Sie heute Abend so zahlreich gekommen sind.«

Francines Kopf tauchte aus der Menge auf, und sie gestikulierte wild in Richtung Kameras, damit die auf mich draufhielten. Als Nächstes erschienen zwei Galgenmikrofone über mir.

»Wie Sie alle wissen, sind Ihre Spenden heute Abend für einen guten Zweck, und es freut mich sehr, Ihnen mitteilen zu dürfen, dass sämtliche Einnahmen einer brandneuen Wohltätigkeitsorganisation zugutekommen, die ich selbst gegründet habe. Und das erfüllt mich mit großem Stolz.«

Mir entging nicht, was für ein erstauntes Gesicht Hazel machte, doch sie gab sich alle Mühe, sich nichts anmerken zu lassen. Was ich sagte, war vollkommen neu für sie.

»Und diese Organisation heißt … ›Freunde von Fritz‹! Sie fördert Hilfshunde und Therapiehunde in ganz Großbritannien!«

Es folgte eine Runde tosender Applaus, und wie angewiesen hob Timothy in diesem Moment Fritz auf seinem Kissen in die Höhe. Während mein Dackel seine Bewunderer von seinem kuscheligen Thron aus musterte, machte er einen ziemlich selbstzufriedenen Eindruck.

»Darum geht es beim Ball heute Abend«, fuhr ich fort. »Einigen von Ihnen sind sicher auch die Kameras überall im Raum aufgefallen. Wie Sie vielleicht wissen, ging erst neulich das Gerücht durch die Presse, ich würde eine Pilotfolge zu meiner eigenen Realityserie drehen …«

Mein Blick flackerte zu Hazel hinüber. Sie flüsterte Tanya gerade etwas ins Ohr und wirkte dabei sehr selbstgefällig.

Jetzt oder nie.

»Aber«, sprach ich entschlossen weiter, »leider muss ich Ihnen mitteilen, dass an diesen Berichten nichts dran ist. Es wird keine *Reality*show geben. Nicht mit mir.«

Hazel schien schlagartig zu verstummen.

»Wissen Sie«, fuhr ich fort, »mir ist kürzlich etwas klar geworden. Ich habe so viel Zeit und Mühe investiert, um den *Eindruck* zu erwecken, ich sei ein guter Mensch, dass ich darüber ganz vergessen habe, was es eigentlich bedeutet, ein guter Mensch zu *sein*. Ich habe krampfhaft versucht, ›ich selbst‹ zu sein, und dabei vergessen … ich selbst zu sein.«

Ich sah Mum ganz hinten im Saal stehen, ein glückliches Strahlen im Gesicht. Mit funkelnden Augen sah sie mich an und ermunterte mich, weiterzusprechen.

»Deshalb habe ich beschlossen, nächste Woche hier im Hotel Royal eine große Auktion zu veranstalten und dabei sämtliche Einzelstücke zu verkaufen, die man mir für die Fernsehshow freundlicherweise zur Verfügung gestellt hat – wunderschöne Kleider, Schuhe, Kosmetikprodukte, Eintrittskarten zu verschiedensten Veranstaltungen, VIP-Tickets –, um damit Geld für ›Freunde von Fritz‹ zu sammeln. Dazu ist jeder von Ihnen herzlich eingeladen.«

Als im Saal erneut Applaus aufbrandete, beobachtete ich Hazel, die aussah, als hätte man ihr eine satte Ohrfeige verpasst. Die einzelnen Mitglieder der Crew blickten Hilfe suchend zu Francine. Doch auch sie stand nur mit offenem Mund da.

»Nun, da das erledigt wäre, können wir direkt weitermachen mit dem nächsten Act. Ich möchte Ihnen eine ganz besonders tolle Nachwuchsband vorstellen, die heute Abend für Sie spielen wird.« Mit einem Lächeln deutete ich auf die Gruppe, die nun die Bühne betrat. »Olly, dann legt mal los!«

KAPITEL 24

»Wie konntest du uns das antun?«, zeterte Hazel, während ich sie vom Ballsaal weg hinein ins leere Musikzimmer führte, damit wir uns ungestört unterhalten konnten. »Nachdem wir so hart für all das geschuftet haben.«

Ich zog die Tür hinter mir zu.

»Hazel, ich weiß jetzt, dass du es warst, die diese ganzen Geschichten an Nancy Rose weitergegeben hat.«

Sie war wie versteinert.

»Was?«, wimmerte sie. »Was willst du –«

»Meine Freundin Grace ist dahintergekommen. Sie hat in letzter Zeit viel an diesem geheimen Projekt gearbeitet und Nachforschungen angestellt. Sie wollte herausfinden, wer Nancy Rose von dem Vorfall mit Prinz Gustav im letzten Jahr und von der Sache mit dem Pfau und der Realityshow erzählt hat. Grace wusste, wie sehr mich das belastet, und weil sie die tollste Freundin ist, die man haben kann, und außerdem die Schlauste an der Schule, hat sie sich an die Arbeit gemacht, um Nancys ominöser ›Informantin‹ auf die Schliche zu kommen. Wie sich herausgestellt hat, warst das du.«

Langsam ließ Hazel sich auf einen Sessel sinken. Ich nahm auf dem gegenüber Platz.

»Flick«, sagte sie mit banger Stimme, »du musst wissen, dass ich immer nur dein Bestes im Sinn hatte. Nichts von alldem hatte ich so geplant. Aber als du plötzlich im Licht der Öffentlichkeit standst wegen deiner Auseinandersetzung mit Nancy Rose, da ertrug ich die Vorstellung nicht, du könntest auf einmal weg vom Fenster sein. Du weißt schließlich nicht, wie du die Aufmerksamkeit richtig für dich nutzt. Als Erbin des Hotel Royal stehst du doch richtig gut da! Ich wollte nicht, dass du dir deine Zukunft verbaust.« Sie legte eine kurze Pause ein. »Ich hatte nie so eine Chance, und deshalb wollte ich nicht, dass es dir wie mir ergeht und du auf dem Abstellgleis landest.«

»Was meinst du damit, auf dem Abstellgleis?«, fragte ich. »Willst du damit sagen, Mum hat dich abgedrängt?«

»Nein, alle. Versteh mich nicht falsch, ich hatte kein Interesse daran, das Familienunternehmen zu leiten«, gab sie zu und lehnte sich zurück. »Es war die ganze Zeit klar, dass Christine das Hotel übernehmen würde. Sie war diejenige mit dem besseren Geschäftssinn, ihre Leidenschaft galt dem Hotel. Aber genau deswegen hatte keiner auch nur das geringste Interesse an mir. Ich war nie auch nur Anwärterin auf einen Platz in der Liste der Top 50 der Erbinnen.«

»Aber als ich von dieser Liste geflogen bin, meintest du doch zu Nancy Rose, es wäre an der Zeit, dass alle mein wahres Ich kennenlernen.«

»Ja, sicher! Aber das war positiv gemeint«, beharrte sie. »Die *wahre* Flick Royal, das habe ich ihr versichert, würde ganz groß rauskommen. Ich stieg in das nächste Flugzeug nach London. Weil ich nicht wollte, dass du dir diese einmalige Gelegenheit entgehen lässt! Deswegen habe ich Nancy mit einigen … harmlosen Einblicken in dein Leben versorgt. Nur um sicherzugehen, dass sie weiter über dich spricht. Dann ist uns diese Chance auf eine eigene Realityshow quasi in den Schoß gefallen, und auf einmal hatte ich eine glänzende Zukunft für dich vor Augen.«

»Nancy hat mich aber als Diva hingestellt, die sich sogar mit dem Adel anlegt!«

»Ja, nun«, sagte sie und sog die Luft durch die Nase ein, »diese Nancy Rose hat sich eindeutig einer gewissen künstlerischen Freiheit bedient, als sie das, was ich ihr erzählt habe, in eigene Worte gekleidet hat. Ich habe niemals behauptet, du hättest jemanden überfallen, Flick«, beteuerte sie und sah mir unverwandt in die Augen. »Ich will nicht leugnen, dass ich mit ihr in Kontakt war, aber ich habe ihr lediglich von all diesen Ereignissen erzählt. Sie war es, die die Wahrheit verdreht hat, das schwöre ich.«

Darauf sagte ich keinen Ton.

»Ich wollte nichts weiter, als deine Karriere in Schwung bringen«, fuhr sie fort. Sie beugte sich vor und fixierte mich mit ihrem Blick. »Es tut mir so leid, wenn ich deine Gefühle verletzt habe. Mir war klar, dass ich dafür sorgen musste, dass du im Gespräch bleibst. Du hast ja keine Vorstellung, wie schnell man wieder in Vergessenheit gerät. Ich wusste auch, dass du es selbst schon mit einem Videoblog versucht hattest, der leider nicht so erfolgreich war, deshalb dachte ich, so eine eigene Fernsehshow würde dir gefallen.« Sie stieß ein lang gezogenes Seufzen aus. »Ich gebe zu, vielleicht haben meine Ambitionen für dich meine Urteilskraft ein wenig getrübt. Ich habe mich zu sehr mitreißen lassen, und das tut mir aufrichtig leid. Aber ich wollte dir nur helfen.«

Ich wusste immer noch nicht, was ich sagen sollte, stattdessen ließ ich ihre Worte auf mich wirken.

»Okay«, gab ich mir schließlich einen Ruck. »Ich verstehe, warum du es getan hast. Ich habe mich ja auch viel zu leicht mitreißen lassen, deshalb kann ich das nur zu gut nachvollziehen. Aber ich denke, ich brauche jetzt erst mal eine Auszeit von meinem Leben im Rampenlicht.«

Sie rang sich ein schwaches Lächeln ab. »Wenigstens weißt du jetzt, wo du mich findest, wenn du eine Agentin brauchst.« Sie streckte die Hand aus und griff nach meiner. »Du bist ein ganz besonderes Mädchen, Flick. Du magst den Verstand und die Vernunft von deiner Mutter geerbt haben, aber deine Starqualitäten, die hast du von mir.«

Ich lachte, als die Tür zum Musikzimmer plötzlich aufging und Mum den Kopf hereinstreckte.

»Da seid ihr ja!«, sagte sie. »Alle suchen nach dir!«

Rasch beugte Hazel sich zu mir und flüsterte: »Hast du deiner Mutter das von Nancy Rose und mir schon erzählt?«

»Nö. Ich dachte, das überlasse ich dir.«

»Besteht denn die Möglichkeit, dass ich es ihr am Telefon erzähle, sobald ich wieder in New York und in Sicherheit bin?«

»Ich habe die Erfahrung gemacht, dass es besser ist, sich seinen Problemen sofort zu stellen und einen Fehler zuzugeben, wenn man sich geirrt hat«, sagte ich, um sie aufzumuntern. »Möchtest du, dass ich dabei bin?«

Hazel seufzte, dann schüttelte sie langsam den Kopf. »Nein. Geh nur und genieße deine Party, du hast es dir verdient. Ich regle das mit Christine.« Sie lächelte zaghaft. »Sie schuldet mir ohnehin noch was, wegen damals, als sie mich beschuldigte, ich hätte Mums Vase zerbrochen. Wenn sie allzu wütend auf mich wird, werde ich das aufs Tapet bringen.«

»Was ist denn hier los?«, wollte Mum wissen, die jetzt auf uns zukam. »Hazel, ich weiß, du wirst enttäuscht sein wegen der Fernsehshow, aber Flick ist dir trotzdem dankbar für deine Hilfe.«

»Christine«, setzte Hazel unsicher an und bedeutete Mum, Platz zu nehmen. »Vielleicht setzt du dich besser.«

»Sei nicht allzu sauer«, sagte ich zu Mum, als ich aufstand und ging. »Ich habe für uns drei für morgen früh schon einen

Platz im Speisesaal reserviert. Ich denke, es ist höchste Zeit, dass sich die weiblichen Mitglieder der Familie Royal zusammen hinsetzen und über andere Dinge reden als immer nur übers Geschäftliche, findet ihr nicht?«

Ich ging zurück in den Ballsaal, wo Grace mir sofort um den Hals fiel.

»Du hast es getan!«, schrie sie begeistert. »Und, wie geht es dir jetzt?«

»So, als wäre mir eine große Last von den Schultern genommen«, sagte ich lächelnd. »Und als hätte ich zur Abwechslung einmal das Richtige getan.«

»Um ehrlich zu sein, bin ich ein bisschen enttäuscht, dass ich jetzt die Cupcake-Story nicht im landesweiten Fernsehen zu sehen bekomme. Meine Haare saßen an dem Tag richtig gut«, meinte sie mit einem Augenzwinkern. »Man könnte fast sagen, damit hätte ich dir garantiert die Show gestohlen.«

Ich lachte, ehe ich einen nervösen Blick zu Francine und Tanya warf, die den Ballsaal verlassen hatten und nun auf dem Flur herumstanden und aufgeregt in ihre Handys sprachen.

»Seit deiner Ankündigung hängen sie die ganze Zeit nur noch am Telefon«, teilte Grace mir mit. »Die Leute von der Kameracrew haben ein bisschen verloren gewirkt, offenbar wussten sie nicht, was sie tun sollten, deshalb hat Audrey sie runter in die Küche gebracht, während du mit Hazel weg warst. Dort dürfen sie jetzt von der neuen Schokomousse des Chefkochs kosten.«

»Tja, das sollte sie zumindest ein bisschen für die verschwendete Zeit entschädigen.«

»Ich würde mir nicht allzu viele Sorgen machen«, meinte Grace. »Ich habe nämlich zufällig mitbekommen, wie Francine am Telefon gesagt hat, dass sie dank deines Sinneswandels nun doch spontan Zeit für ein neues Projekt habe. Irgendwas mit einer Prinzessin. Ich glaube, es geht um eine entfernte Verwandte von Prinz Gustav.«

Ich lachte, während ich dem Prinzen zusah, wie er Sky zu einem von Ollys Songs auf der Tanzfläche herumwirbelte. Sämtliche Gäste gesellten sich nach und nach zu ihnen, um zur Musik zu tanzen, und ich sah Olly freudestrahlend an.

»Er ist nicht schlecht, oder?«, sagte Grace, die meinem Blick folgte. »Ich hoffe nur, dieser Augenblick im Rampenlicht bläht sein Ego nicht noch weiter auf. Er ist schon eingebildet genug. Ich muss jetzt los und mir einen guten Platz sichern, damit ich Mum und Dad ein Video schicken kann.«

»Sky und Prinz Gustav sind direkt vor der Bühne«, teilte ich ihr mit. »Von da aus hat man einen guten Blick.«

»Vielleicht lässt Sky mich sogar noch ein Selfie mit ihr machen«, überlegte Grace begeistert, ehe sie mir noch einmal um den Hals fiel. »Das war wieder einmal ein gelungener Abend heute, Flick. Es war zwar schrecklich aufregend, eine Freundin mit einer eigenen Reality-Fernsehshow und Millionen Fans zu haben, aber ich glaube, noch lieber ist es mir, wenn ich dich ganz für mich allein habe.«

Ich lachte wieder, während sie aufgeregt abrauschte und in der Menge verschwand. Plötzlich spürte ich, wie mir jemand auf die Schulter tippte, und drehte mich um.

»So, so, die Welt der Realityshows ist also doch nicht ganz dein Ding, wie?«, fragte Cal und reichte mir einen von den pinkfarbenen Cocktails.

Ich stieß mit ihm an. »Fritz und ich sind zu dem Schluss gekommen, dass unsere Talente woanders liegen.«

Er nickte und musterte mich eingehend. »Alles in Ordnung mit dir? Ich weiß doch, wie sehr du dich auf deine eigene Show und das ganze Drumherum gefreut hast.«

»Na ja, schon, aber ich finde, so eine eigene Show ist maßlos überbewertet. Eigentlich bin ich ganz glücklich, nicht vor der Kamera zu stehen.« Ich lächelte. »Obwohl, so eine eigene Parfümlinie wäre schon cool.«

Cal grinste. »Ich könnte nicht behaupten, dass ich den Tontypen vermisse, der ständig mit seinem blöden Mikro herumfuchteln musste und mich fast am Kopf getroffen hätte.«

»Und mir wird Francine garantiert nicht fehlen. Dauernd musste sie mir Anweisungen geben, ich solle meinen Kaffee morgens mit etwas mehr Dramatik trinken«, sagte ich und rollte mit den Augen. Das brachte ihn zum Kichern.

Ich schwieg, weil ich nicht wusste, wie ich das Folgende formulieren sollte. Denn irgendwie werden die Dinge gleich viel realer, sobald man sie laut ausspricht. Nur dass mir gestern Nacht, als ich im Bett lag, eines klar geworden war: Ich musste Ella endlich akzeptieren, wenn es das war, was Cal wollte, sonst würde ich ihn tatsächlich verlieren.

»Cal«, sagte ich zerknirscht, während er an seinem Cocktail nippte. »Ich hoffe sehr, dass du mir verzeihen kannst. Du weißt schon, dass ich Ella beschuldigt habe, Nancy Rose all diese Geschichten über mich erzählt zu haben. Ich möchte nicht, dass du denkst, ich käme nicht klar mit … deiner Freundin.«

Auf einmal verschluckte er sich an seinem Drink, weshalb ich ihm fest auf den Rücken klopfte.

»Entschuldige«, presste er hustend hervor und wischte sich den Mund mit dem Ärmel ab. »Sagtest du da gerade … Freundin?«

Ich hörte auf, ihm auf den Rücken zu klopfen.

»Klar«, gab ich zurück und legte einen möglichst begeisterten Ton an den Tag. »Ich weiß doch, dass ihr beide euch nähergekommen seid, und ich will nicht, dass du denkst, ich …«

Ich verstummte, als Cal schlagartig in Lachen ausbrach.

Was mich ein bisschen nervte, weil, na ja, immerhin versuchte ich hier, alles wieder geradezubiegen. Da war es nicht eben nett von ihm, mich derart auszulachen.

»Tut mir leid«, japste er, als er meine verdutzte Miene sah. »Es ist nur … du denkst echt, Ella sei meine Freundin?«

»Na ja, sicher«, sagte ich und sah ihn stirnrunzelnd an. »Ihr klebt doch aneinander wie die Kletten …«

»Aber doch nur wegen der Zeitung«, entgegnete er und sah mich an, als wäre ich völlig plemplem. »Sie will unbedingt ein Praktikum bei einem Modemagazin ergattern in den Ferien, schon vergessen? Deshalb will sie möglichst viel an der Schülerzeitung mitarbeiten. Das macht sich gut auf den Bewerbungsunterlagen, das ist alles.«

»Aber … aber sie war doch auch dein Date auf Ollys Konzert …«

»Mein Date? Nein, Flick. Ich habe sie nur mitgenommen, weil wir bei der Redaktionssitzung darüber gesprochen hatten. Da dachte ich, es wäre nicht so nett, vor ihr davon zu reden und sie nicht auch einzuladen. Ich war offen gestanden selbst überrascht, als sie tatsächlich Ja gesagt hat, aber dann meinte Olly, sie und Harry würden sich neuerdings schreiben. Da war natürlich alles sonnenklar.«

»Harry?« Ich sah in Richtung Bühne. »Meinst du den Drummer aus Ollys Band?«

»Klar, sieht so aus, als hätte es zwischen den beiden gefunkt.« Er grinste schelmisch und sah mich dann kopfschüttelnd an. »Jedenfalls kann ich dir versichern, dass Ella NICHT meine Freundin ist. Sie ist gar nicht mein Typ.«

»Oh! Ach so, ja dann. Cool!«

Wir standen eine Weile nebeneinander und sahen Ollys Band auf der Bühne zu, ohne ein Wort zu wechseln. Ich versuchte, mich ganz normal zu verhalten, konnte aber nicht aufhören zu grinsen. Ein warmes, freudiges Prickeln durchrieselte mich, als ich die Neuigkeiten hörte. Denn auch wenn Ella und ich inzwischen Waffenstillstand geschlossen hatten, war klar, dass Ella auf Dauer nicht zu einem festen Bestandteil unserer Clique werden würde.

Nach einer Weile ertappte Cal mich dabei, wie ich verstohlen zu ihm aufsah, was ihm ein Lächeln entlockte.

»Flick«, sagte er. »Kann ich dich etwas fragen?«

»Sicher!« Ich zögerte. »Obwohl, warte mal, geht es um deinen grünen Pullover? Denn wenn es so ist, kannst du dir die Frage sparen ... Ja, ich bringe ihn in die Reinigung. Ich weiß, dass das nicht optimal ist, aber mal ehrlich, ist doch kein Wunder, dass Fritz ihn mit einem Klo verwechselt hat. Schließlich hast du ihn zusammengeknüllt hinter der Rezeption liegen gelassen. Er sah aus wie ein Stück Rasen! Da ist es doch verständlich, dass er was verwechselt hat, oder?«

»Sekunde, WAS sagst du da?«

»Oh! Hat Matthew es dir gar nicht erzählt?«

»Welcher Pullover? Was willst du damit sagen, dass Fritz ihn mit einem KLO verwechselt hat?«

»Ach, egal, vergiss es! Was wolltest du mich denn fragen?«

Aus zusammengekniffenen Augen musterte er Fritz, der nicht weit von uns entfernt saß, ehe er seine Aufmerksamkeit wieder auf mich richtete.

»Ich wollte dich fragen, ob ich über den heutigen Abend in der Schülerzeitung berichten dürfte. Endlich habe ich die Titelstory gefunden, nach der ich so lange gesucht habe.«

Für einen Moment blieb mir das Herz stehen.

Blinzelnd sah ich zu ihm auf. »Du willst eine Story darüber bringen? Ernsthaft?«

»Klar, das will ich. Und, was hältst du davon?«

»Ich weiß nicht. Ich meine, reicht das denn für eine Titelstory? Was willst du denn genau schreiben?«

»Na ja, diese Geschichte hat einfach alles«, erklärte er. »Berühmte Leute, Freundschaften, Dramen, Skandale und eine unerwartete Wendung.«

»Da hast du recht.« Ich nickte. »Aber das Wichtigste hast du vergessen.«

»Ach ja?« Er grinste und sah mich mit funkelnden Augen an. »Was denn?«

»Ist das nicht offensichtlich?«, fragte ich, und fast sprang mir das Herz aus der Brust, als ich diese süßen Grübchen aus der Nähe sah. »Ein Happy End.«

Danksagung

Ein riesiges Dankeschön an Lindsey Heaven, Emily Sharratt, Alice Hill, Siobhan McDermott und die so talentierte Egmont-Familie für all die Unterstützung und die guten Ratschläge. Ich bin euch allen so unendlich dankbar für die unermüdliche Arbeit und dass ihr mich weit besser dastehen lasst, als ich in Wirklichkeit bin.

Mein besonderer Dank gilt meiner ebenso bemerkenswerten wie wunderbaren Freundin und Agentin Lauren Gardner. Ohne deinen Zuspruch wäre nichts von alledem möglich gewesen. Ich kann von Glück sagen, dich an meiner Seite zu haben.

Meiner wundervollen Familie und meinen Freunden: Danke, dass ihr mich stets anfeuert und mich jeden Tag aufs Neue zum Lachen bringt. Im Ernst, danke, dass ihr so schräg und so lustig seid, jeder auf seine ganz eigene, einzigartige Weise. Ich bediene mich bei euren genialen Einfällen und packe sie in meine Bücher. Macht bitte weiter so.

Meine Labradorhunde sind mir eine stete Inspiration, wenn ich schreibe, auch, was die vielen Abenteuer und Fehltritte von Fritz betrifft. Dafür bin ich ihnen zu großem Dank verpflichtet. Deshalb, Dougal, Archie und Lara: Ich schwöre hiermit feierlich, dass ich euch auch weiterhin heimlich Kekse zustecken und euch aufs Sofa raufspringen lassen werde (tut mir leid, Dad, mir sind in diesem Fall die Hände gebunden).

Und ich danke allen meinen treuen Leserinnen und Lesern. Danke, dass ihr euch meine Bücher besorgt und mich auf meinen Abenteuern begleitet. Bis zum nächsten Mal!

Mein Leben versinkt im Chaos! Mit dem neuen Freund meiner Mutter sind wir in ein altes Haus gezogen, das beinahe auseinanderfällt und kein WLAN hat (der Horror!). Um über die Trennung von Papa hinwegzukommen, schreibe ich (ziemlich durchgeknallte) Songs. Nie hätte ich gedacht, dass sich jemand außer meiner Familie dafür interessieren würde. Bis eines Tages ein Video von mir viral geht, auf dem ich Gitarre spiele und singe …

Band 1: Katies Song
ISBN 978-3-505-14114-0

Nach dem Superhit »So bin ich nun mal«, der mich auf YouTube über Nacht berühmt gemacht hat, soll ich bei meinem Plattenlabel neue Songs für mein erstes Album aufnehmen. SUPERCOOL! Bloß: Mir fällt absolut nichts ein. Keine einzige Zeile! Was vielleicht nicht so schlimm wäre, würde nicht auch mein erstes Konzert vor der Tür stehen – Katie live vor 250 Leuten! Das ist ein Witz, oder?

Band 2: Katie live
ISBN 978-3-505-14115-7

Marianne Levy
Plötzlich Superstar
Je ca. 360 Seiten, broschiert mit Klappe
€ 14,00 [D]

www.schneiderbuch.de

Schneiderbuch
EGMONT

Casting Queen

Seit mich eine Schauspielagentin entdeckt hat, träume ich von der Oscar-Verleihung. Leider lässt die erste Filmrolle noch auf sich warten. Mal ehrlich, wie viele Absagen kann man sich beim Vorsprechen für die Rolle »Totes Mädchen« einfangen, ohne die Hoffnung auf DIE EINE große Rolle aufzugeben? Zum Glück ist da noch Archie, der wahnsinnig gut aussehende Typ in meiner Theatergruppe. Nur blöd, dass ich immer knallrot werde, wenn er mich nur ansieht. Und jetzt sollen wir auch noch vor allen anderen im Kurs ein Liebespaar spielen … Hilfe!

Band 1:
Voll von der Rolle
ISBN 978-3-505-14036-5

Band 2:
Klappe, die zweite
ISBN 978-3-505-14092-1

Band 3:
Ganz großes Kino
ISBN 978-3-505-14209-3

Perdita Cargill / Honor Cargill
Casting-Queen
Je ca. 360 Seiten, broschiert mit Klappe
€ 15,00 [D]

www.schneiderbuch.de

Schneiderbuch
EGMONT